MATTYS VERRÄTERISCHER SIEG

MATTYS VERRÄTERISCHER SIEG

Jane Ayres

Pony Club

Titel der englischen Originalausgabe:
MATTY AND THE MOONLIGHT HORSE

Umschlag-Illustration:

Übersetzung: Suzanne Bürger

Herausgeber und Verlag:
PonyClub, Stabenfeldt GmbH, München
Redaktion und DTP/Satz:
Redaktionsbüro Kramer, Weißenfeld/München
Druck: AIT Trondheim AS, 2000

ISBN 3-933099-64-1

Kapitel 1

Ich möchte euch alles über meine Lieblingsponys erzählen.

Ich habe drei – nein, vier – nein … also, eigentlich mag ich sie ja alle gern. Soames ist ein großer stämmiger Brauner mit langen Schlappohren und Hufen so groß wie Suppenteller. Er ist freundlich zu Menschen, aber mit den anderen Ponys verträgt er sich überhaupt nicht. Wenn sie ihm zu nahe kommen, legt er ungehalten seine langen Ohren an und schlägt nach ihnen aus. Aber man kann prima auf ihm reiten; er läuft mit Begeisterung, prescht gerne vorwärts und springt so behände wie eine Katze. Dann ist da noch Bessie, eine kräftige schwarze Stute, ziemlich unberechenbar. Sie hat manchmal seltsame Anwandlungen, und wenn man sie gerade im Trab an der Longe reitet, kann es vorkommen, dass sie plötzlich in Galopp verfällt und immer schneller wird, bis einem ganz schwindlig wird und man sich vorkommt wie auf einem dieser Karussellpferde auf dem Jahrmarkt. Aber wenn sie in guter Stimmung ist, dann kuschelt sie einem ihre weiche Schnauze ins Haar und sabbert einem ins Gesicht und man vergisst, wie frech sie sein kann. Und schließlich gibt es da noch Elliott, ein spritziger kleiner Schecke mit einer weißen Borstenmähne, einem drahtigen Schwanz und dem holprigsten Trab, den man sich vorstellen kann, und Busker, eine schon etwas ältere Exmoor-Stute, die auf einem Auge blind ist. Ach ja, und Everest, ein silbergraues ehemaliges Show-Pony, das schon über 500 Preise gewonnen hat, und Penny … ach, ich könnte ewig weiter erzählen. Jetzt denkt ihr wahrscheinlich, na, die hat vielleicht ein Glück, wie kommt sie bloß zu all diesen Ponys? Sie hat sicher reiche Eltern oder lebt auf einem Gestüt oder so. Aber ich will ehrlich sein. Die Ponys gehören mir gar nicht.

Ich wohne weder in einem großen teuren Haus noch auf einem wundervollen Gestüt auf dem Lande, sondern in einem bescheidenen kleinen Reihenhaus an einer viel befahrenen Straße, zusammen mit meinen Eltern, die alles andere als wohlhabend sind. Nebenan wohnt meine beste Freundin Ronnie (eigentlich heißt sie Veronica, aber sie würde mich umbringen, wenn ich euch das verraten würde). Und ich selbst heiße übrigens Matty. Matty Matthews. So nennen mich jedenfalls meine Freunde. (Mein richtiger Name ist Octavia. Könnt ihr euch das vorstellen? Wie können einem Eltern nur so etwas antun!)

Wie dem auch sei, ich bin dreizehneinhalb und mittelgroß, habe blaue Augen und kurzes mittelbraunes Haar – also keine besonders hervorstechenden Merkmale. Ronnie sagt mir immer, dass ich nirgendwo auffallen würde, obwohl ich mir noch nicht ganz schlüssig bin, ob das nun eher ein Vorteil oder eher ein Nachteil ist. (Sie dagegen ist total hübsch und hat smaragdgrüne Augen und kupfergoldene, lange Haare, die sie in einem dicken Zopf trägt.)

Meine Lieblingsponys gehören zu einer Reitschule, die von Miss Pugh geleitet wird, einer etwas kauzigen Frau mittleren Alters. Es gibt dort zehn Ponys und zwei Pferde und die Ställe liegen zwischen einem Fish-and-Chip-Geschäft und einem etwas heruntergekommenen Parkplatz an der Rückseite einer alten Wohnsiedlung. Das bedeutet, dass man immer erst die Hauptstraße entlangreiten und zwei verkehrsreiche Straßen überqueren muss, bevor man auf das Feld gelangt, wo die Reitstunden meistens abgehalten werden. Ich will ehrlich sein: Es ist keine sehr gute Reitschule, und Miss Pugh ist eine lausige Lehrerin. Ich glaube, sie hat eigentlich gar keine Ahnung von Ponys. Früher gehörte die Reitschule ihrem Bruder, einem ehemaligen Armee-Major, der eine Menge von Pferden verstand. Als er nach Australien auswanderte, übernahm sie die Reitschule, obwohl eigentlich ihre beiden Stallmädchen den Laden am Laufen halten und auch die meisten Reitstunden geben. Ich glaube, der Besitzer von dem Parkplatz hat ihr einmal angeboten, sie auszuzahlen, damit er seinen Parkplatz vergrößern könnte, aber aus irgendeinem Grund ist sie nie darauf eingegangen. Keine Ahnung, warum. Sie vermeidet es, die Ponys zu berühren, so gut es geht und trägt selbst im Stall immer ein pink- oder türkisfarbenes Kostüm, riesige klirrende Armreifen, die die Ponys immer erschrecken, einen grellen orangenen Lippenstift und Unmengen von Puder-Make-up (und Ronnie sagt immer, dass ihre Haarfarbe unmöglich echt sein kann.)

Trotzdem verbringen Ronnie und ich jede freie Minute in den Ställen, weil wir einfach für unser Leben gerne mit Ponys zusammen sind – wie ihr wahrscheinlich schon erraten habt. Mum bezeichnet uns als „Ponyverrückte"; sie hält uns für besessen und meint immer, dass wir eines Tages aus dieser Phase herauswachsen und wie andere normale Teenager werden würden. Aber da liegt sie natürlich falsch. Wenn ich mal so alt bin wie Mum, dann möchte ich auf einer großen Farm leben, mit vielen Äckern und Wiesen und mindestens 30 Pferden, und ich denke mir, dass ich dann bestimmt schon eine berühmte Spring- oder Dressurreiterin bin, und wenn Mum zu Besuch kommt, dann werde ich zu ihr sagen: „Siehst du, Mum, ich bin nicht herausgewachsen, sondern vielmehr immer mehr hineingewachsen." Ich wüsste zu gerne, was sie dann darauf antwortet.

Aber bis dahin arbeite ich, wie Ronnie und auch Spike und Gina, meine anderen Freundinnen, in den Ställen von Miss Pugh. Auf diese Weise verdienen wir uns kostenlose Reitstunden. Allerdings muss ich sagen, dass wir eine

Menge Ställe ausmisten, Futtereimer sauber kratzen und Geschirr putzen müssen, bevor Miss Pugh uns kostenlos reiten lässt.

„Ich frage mich, wie viele andere Kinder in deinem Alter derart ausgenutzt werden“, meint Dad manchmal beim Abendessen, aber er versteht das eben nicht. Wenn ihr genauso ponyverrückt seid wie ich, bin ich sicher, dass ihr wisst, wovon ich spreche. Vielleicht denkt ihr euch jetzt auch – „Na und, sie verbringt halt ihre ganze Freizeit in den Pferdeställen und arbeitet dort für freie Reitstunden, wie Tausende anderer Mädchen auch. Was ist daran so Besonderes?“ Und vielleicht werdet ihr allmählich schon ungeduldig, weil ihr eine Geschichte erwartet, vielleicht sogar ein Abenteuer, während ich hier endlos über meine Lieblingsponys quatsche. Nur Geduld!

Es ist 7.15 Uhr an einem warmen Julimorgen. Mein Wecker piepst wie verrückt (ich habe ihn ans andere Ende des Zimmer gestellt, um sicher zu gehen, dass ich aufstehen muss, um ihn abzustellen). Ich grunze und werfe dem Wecker einen verdrießlichen Blick zu. Dann fällt mir ein, dass heute ja Samstag ist. Also ignoriere ich das Gepiepse und bleibe noch eine Minute lang genüsslich im Bett liegen. Schließlich wälze ich mich schlaftrunken aus den Federn – und lande auf dem Boden, mitten auf der Kaffeetasse, die ich gestern Abend dort stehen gelassen hatte. Die letzten Tropfen spritzen auf das ausgebeulte T-Shirt, das ich nachts immer trage. Leise fluchend rapple ich mich auf und stolpere über die Reitstiefel, die ich mitten im Zimmer zusammen mit schmutzigen Jeans und Unterwäsche abgelegt hatte.

Ich bin wahrhaftig kein Morgenmensch.

Um 7.45 Uhr komme ich die Treppe herunter, stehe unschlüssig an der Küchentür herum und brummele unzusammenhängendes Zeug mit meiner Mutter, die am Küchentisch ein Frauenmagazin liest. Ich lasse mich neben ihr auf einen der harten Holzstühle fallen.

„Tee ist in der Kanne“, sagt sie ohne aufzuschauen.

Ich nicke und gieße mir eine Tasse ein.

„Ich wünschte, du würdest nicht immer diese dreckigen Jeans tragen,“ sagt sie mit dieser resignierten Stimme, die ich so gut kenne. „Die Leute müssen ja denken, dass wir in diesem Haus unsere Kleider nicht ordentlich waschen. Sie werden dich für ein vernachlässigtes Kind halten.“

„Konnte keine sauberen finden“, erwidere ich. Der Tee weckt langsam meine Lebensgeister.

„Kein Wunder, bei dem Chaos in deinem Zimmer.“

Ich gebe ein Grunzen von mir.

Wir sitzen eine Weile schweigend da und ich gehe im Geiste meinen Tagesplan durch. Samstags habe ich immer einen bestimmten Ablauf: Aufstehen. Tee trinken. Von Mum angenörgelt werden. Von Ronnie abgeholt werden (sie dürfte jeden Augenblick an die Tür klopfen). Zu den Ställen gehen (dauert etwa zehn Minuten, es sei denn, wir holen uns am Zeitungsstand noch ein paar Schokoriegel). Gina und Spike treffen. Gegenseitiges Bedauern darüber, dass wir keine eigenen Ponys haben. Jammern über Miss Pugh. Boxen ausmisten. Hof fegen. Wassereimer ausspülen. Ponys striegeln. Gina bedauern, weil Bessie (zum hundertsten Mal!) nach ihr ausgeschlagen hat. Beten und hoffen, dass jemand seine Reitstunde absagt, damit einer von uns kostenlos reiten kann. Bemühen, sich nicht allzu sehr zu ärgern, wenn nur eine von uns das Glück hat. Trensen und Geschirre putzen. Sandwiches essen. Hof nochmal fegen. Und so weiter.

Planänderung – wir treffen uns um 16.30 Uhr im Freibad.

Dad kommt aus dem Garten herein, mit einer Heckenschere in der Hand: „Na, du bist wohl schon wieder auf dem Weg zu dieser schäbigen Reitschule." Fast wäre mir herausgerutscht: „Aber nein, wie kommst du denn darauf – nur weil ich Reitstiefel und eine Reitkappe aufhabe? Ich mache nur ein paar Einkäufe." Ich bin immer noch dabei, mir eine schlagfertige Antwort auszudenken, als die Gartentür aufgeht und Ronnie ihren Kopf in die Küche streckt, mit einem strahlenden Lächeln im Gesicht.

„Einen schönen guten Morgen, Mrs. Matthews, Mr. Matthews. Ist das nicht ein wunderbarer Tag heute?"

Meine Eltern lächeln zurück und erwidern den Gruß. Ich kann mir denken, was ihnen gerade durch den Kopf geht: ‚Warum ist UNSERE Tochter nicht auch so ein reizendes Mädchen?'

„Fertig, Matty?", zwitschert Ronnie. Ich nehme meine Lunchbox und folge ihr nach draußen – und frage mich wieder einmal, warum ihre Zähne so weiß und gerade sind und meine nicht.

Ronnie und ich sind die besten Freundinnen, seit wir sechs Jahre waren und ihre Eltern nebenan einzogen. Sie ist kein Einzelkind wie ich, sondern hat zwei Brüder, die Zwillinge sind, Kirk und Douglas. Die beiden sind gerade in den Kindergarten gekommen, dem Himmel sei Dank. Sie sind schlimmer als ein Sack Flöhe, machen immer furchtbar viel Geschrei und haben uns schon oft zur Weißglut getrieben. Ronnies Mutter hat ihren Job als Bibliotheksassistentin aufgegeben, um sich um die beiden Kleinen zu kümmern, aber sie sagt immer, sobald sie aus dem Gröbsten heraus wären, würde sie wieder in die Bücherei arbeiten gehen.

Meine Mutter und Ronnies Mutter besuchen montagabends den gleichen Aerobic-Kurs. Ich finde es schön, dass sie gut befreundet sind. Auch unsere Väter unternehmen viel gemeinsam; sie spielen in der gleichen Amateur-Jazzband hier an unserem Ort (mein Dad spielt Klarinette und Ronnies Dad ist Schlagzeuger). Das Leben ist viel einfacher, wenn sich zwei Familien gut verstehen. Bei Gina und Spike ist das leider ganz anders. Ginas Mutter hält sich für was Besonderes und hätte es am liebsten, wenn ihre Tochter genauso vornehm tun würde. Und sie meint, dass Spike kein Umgang für Gina sei – nur weil sie sich einmal alle Haare abrasieren ließ (es wächst aber schon wieder nach) und in jedem Ohr sechs Ohrringe trägt und weil Spikes Eltern sich aktiv für den Umweltschutz einsetzen und bei einer Demo einmal verhaftet wurden.

Wenn sie ihnen eine Chance gäbe, würde sie feststellen, dass Spikes Eltern sehr nette, großzügige Leute sind. Beide arbeiten als Computerprogrammierer und verdienen vermutlich viel mehr als alle unsere Eltern zusammen. Trotz ihres exzentrischen Aussehens ist Spike das intelligenteste Mädchen in unserer Klasse und wird später sicher einmal eine berühmte Wissenschaftlerin. Jedenfalls hat Ginas Mutter (ihr Mann hat sie vor einigen Jahren verlassen) ihrer Tochter jeden Kontakt mit Spike verboten, so dass sich die beiden heimlich treffen müssen und Gina ihre Mutter anlügen muss, was ihr sehr zuwider ist. Wir anderen tun unser Bestes, um die beiden zu decken. Also echt irre, wozu Eltern einen manchmal treiben können.

Als wir am Reitstall ankommen, gibt Spike einem Kleinkind gerade eine Übungsstunde. Sie führt Busker an der Longe im Kreis, während Miss Pugh vor ihrer nächsten Reitstunde noch rasch eine Zigarette raucht und Gina die Wassereimer voll füllt. Und plötzlich fällt mein Blick auf eine Art Traumerscheinung. Vor einer Box steht eine wunderschöne Welsh-Ponystute – den edlen Kopf hoch erhoben, mit aufmerksam gespitzten feinen Ohren und schneeweißem Fell. Sie schaut mir direkt in die Augen. Ich starre zurück.

„Na, die sieht ja nun gar nicht so aus wie die Art von Ponys, die Miss Pugh sonst so kauft“, meint Ronnie, die rascher ihre Sprache wiedergefunden hat als ich.

„Nun, Mädchen, könnte eine von euch vielleicht das neue Pony für die Halb-Zehn-Stunde satteln?“, ruft Miss Pugh und drückt dabei ihre Zigarette aus. „Spike, du führst Busker weiter an der Longe. Also komm.“ Sie greift sich eine

Peitsche und marschiert voraus. Spike schneidet hinter ihrem Rücken eine Grimasse und geht ihr dann mit Busker und dem Kleinkind nach. „Bis später dann!“

Während Ronnie, Gina und ich die Ställe ausmisten und den Hof sauber fegen, hören wir von einem der älteren Stallmädchen, dass das neue Pony Snowstorm heißt und am Abend vorher hier angekommen ist. Sie ist eine achtjährige Welsh Section B-Stute und stammt von einem sehr guten Gestüt.

Inzwischen sind etliche Reitschüler eingetroffen und einer versucht für eine Reitstunde auf dem Feld eine kleine Gruppe zusammenzubekommen. Gina verschwindet mit einem Striegel und einem Pferdekamm in Elliotts Box – wahrscheinlich, um zum x-ten Mal vergeblich zu versuchen, seine widerborstige Mähne glatt zu bekommen. Wer weiß, vielleicht wird sie eines Tages eine begnadete Friseuse.

Ronnie und ich satteln Bessie, Penny, Everett und Soames und legen ihnen das Zaumzeug an.

„Wer übernimmt Snowstorm?“, frage ich, denn ich ahne, dass wir das beide gerne machen würden.

„Du legst ihr den Sattel auf und ich lege ihr das Zaumzeug an“, schlägt Ronnie vor. Sie hat immer einen guten Riecher dafür, wie man einem Streit aus dem Weg gehen kann.

Helen, das Oberstallmädchen, zeigt uns, wo das neue Zaumzeug hängt und wir bewundern das feine Leder, während wir zu Snowstorm zurückgehen.

Sie schaut uns neugierig entgegen und ihre Ohren zucken hin und her. Sie muss sich wohl in ihrer neuen Umgebung erst einmal eingewöhnen.

„Braves Mädchen“, wispere ich ihr zu und klopfe sie beruhigend am Hals, bevor ich den Sattel auflege. Während ich den Gurt festschnalle, steht sie ganz still.

„Sie ist sehr sanft“, meint Ronnie und schiebt der kleinen Stute die Trense ins Maul und legt ihr das Reithalfter und den Kehlriemen an.

„Ach, sie ist einfach himmlisch“, seufze ich.

„Ihr Reiter sollte eigentlich schon hier sein. Vielleicht kommt er ja gar nicht …“, meint Ronnie hoffnungsvoll.

Wir sehen dem kleinen Konvoi aus Ponys und Reitern nach, die sich zu ihrer Übungsstunde auf dem Feld aufgemacht haben, mit Helen an der Spitze.

„Also, anscheinend kommt niemand mehr, dann reite ich Snowstorm eben zum Feld ’rüber.“

„Matty! Das hat dir doch niemand erlaubt!“, ruft Ronnie entsetzt. „Miss Pugh wird vor Wut außer sich sein!“

„Wahrscheinlich hast du Recht“, sage ich darauf und für einen Moment flattert mir das Herz. Aber dann wiehert Snowstorm leise auf und ich schaue wieder in diese großen, braunen Augen und schmelze dahin. Ich muss sie einfach reiten und das hier ist so eine ideale Gelegenheit! Ich versuche mir einzureden, dass es vom Schicksal so bestimmt ist.

„Matty, du bist verrückt!“, japst Ronnie, als ich mir die Kappe auf dem Kopf fest drücke und nach den Zügeln greife. Snowstorm steht ganz still, als ich meinen Fuß in den Steigbügel stelle und mich leicht in den Sattel fallen lasse. Ich schaue mich noch einmal nach allen Seiten um, sehe aber nirgendwo jemand kommen. Dann drücke ich Snowstorm die Fersen in die Seite, allerdings viel zu hart (ich bin an die abgestumpften Reitschulponys gewöhnt), so dass sie einen Sprung vorwärts macht und ich fast aus dem Sattel gefallen wäre. Aber dann richte ich mich wieder auf und mir ist jetzt klar, dass sie schon auf leichte Zeichen reagiert.

„Bis dann", rufe ich und treibe sie sanft an. Snowstorm verfällt in einen leichten Trab.

„Wahrscheinlich im Krankenhaus!", ruft mir Ronnie nach und ich höre gerade noch, wie Gina, die von Elliotts Box aus alles mitbekommen hat, hinzufügt: „Oh je, ich fürchte, Matty wird MÄCHTIGEN Ärger bekommen!"

Meine Gefühle und Gedanken springen wie Pingpongbälle hin und her. Einerseits habe ich Angst davor, was Miss Pugh mit mir anstellen wird, wenn sie es herausfindet, andererseits genieße ich den Ritt mit Snowstorm in vollen Zügen. Sie hat einen schwungvollen, federnden Gang und hält den Kopf hoch erhoben. Ihr Schweif flattert im Wind und sie lässt sich samtweich lenken. Ich brauche kaum die Zügel zu bewegen – es ist fast so, als könnte sie meine Gedanken lesen und wüsste immer schon im Voraus, wann sie langsamer gehen soll und wann sie an Tempo zulegen kann.

Wir sind jetzt gleich am Ende der Hauptstraße angelangt und kommen zu der ersten der beiden viel befahrenen Straßen, die wir vor dem Feld überqueren müssen. Ich habe volles Vertrauen, dass Snowstorm verkehrssicher ist. Aber als ein Moped laut knatternd auf die Kreuzung zufährt, wird mir doch etwas mulmig. Snowstorm legt die Ohren an und beginnt nervös auf der Stelle zu tänzeln und während wir darauf warten, dass die Straße frei wird, verhält sie sich höchst unruhig. Ich mache mir nun ernsthaft Sorgen und das überträgt sich auf die Zügelführung, so dass die Stute immer aufgeregter wird.

Im Geiste höre ich Ginas Stimme:

MATTY WIRD MÄCHTIGEN ÄRGER BEKOMMEN.

Was, wenn nun etwas Schreckliches passiert und ich einen Unfall habe und die arme Snowstorm sich dabei verletzt? Ich würde mich bis ans Ende meiner Tage dafür hassen. Man würde mir nie verzeihen und niemand würde mehr mit mir befreundet sein wollen und ich könnte es ihnen nicht einmal verdenken. Es wäre ganz allein mein Fehler. Warum bin ich auch immer so impulsiv? Ronnie hat schon mehr als einmal zu mir gesagt, dass ich oft viel zu voreilig handele und einfach nicht genug nachdenke.

Ich bin drauf und dran, in Panik zu geraten, als die Straße plötzlich frei ist und Snowstorm ruhig hinüber und die Straße bis zur nächsten Kreuzung hinab trabt – und dann sind wir auch schon auf dem Feld angelangt. Während ich das Gatter öffne, steht sie wieder ganz still. Und dann erspähe ich auch schon die anderen, die auf der gegenüberliegenden Seite im Kreis herum reiten. Im Nu sind alle meine Sorgen verflogen und ich empfinde eine Art freudigen Stolz. Ich fühle mich so übermütig, dass ich etwas ziemlich Gewagtes mache. Anstatt Snowstorm ganz unauffällig zu den anderen hinüberzuführen und mich glücklich zu schätzen, dass mich niemand bemerkt hat, kann ich der Versuchung nicht widerstehen und treibe sie zu einem Galopp an. Sie geht sofort darauf ein und in leichten, rhythmischen Sprüngen reiten wir in flottem Tempo über die grüne Wiese, die zwischen uns und der Reitgruppe liegt. Ich fühle mich wie im siebten Himmel.

Wir haben bereits zwei große Kreise zurückgelegt, als ich bemerke, dass uns ein fremder Mann beobachtet. Er trägt einen grauen Anzug und eine Brille mit Metallrändern und schaut ziemlich frostig drein. Neben ihm steht ein Junge von etwa 15 Jahren mit einem schwarzen Lockenkopf und makelloser Reitkleidung. Seine Augen blitzen vor Wut. Instinktiv reite ich in ihre Richtung und beide kommen auf mich zugelaufen. „Sag mal, was bildest du dir denn ein?“, schreit mich der Junge an, grapscht nach den Zügeln und zerrt mich förmlich aus dem Sattel. „Wie kannst du es wagen, einfach mein Pony zu reiten!“

Kapitel 2

Snowstorm schnaubt ein wenig und mein Gesicht wird rot wie eine Tomate. Ich kann im Moment keinen klaren Gedanken fassen, und leider fällt mir nicht rasch genug eine gute Entschuldigung ein.

„T-t-tut mir Leid“, stottere ich hervor. „Das wu … wusste ich nicht. Ich dachte, sie gehört Miss Pugh.“

„Nun, das hast du völlig falsch gedacht“, entgegnet der Mann in dem grauen Anzug. Dann schaut er sich Snowstorm kritisch an, um festzustellen, ob ich ihr womöglich etwas angetan habe. „Nun, ich werde Miss Pugh über diesen unerhörten Vorfall unterrichten.“

Ich bin wie gelähmt. Mit einer solch heftigen Reaktion hatte ich nicht gerechnet, ich male mir bereits aus, dass ich die Reitschule niemals mehr betreten darf. Meine Lippen beginnen zu zittern. Der Junge muss das bemerkt haben und empfand wohl auf einmal etwas Mitleid mit mir. Obwohl auch er noch sehr aufgebracht erscheint, sagte er nun beschwichtigend: „Ist gut, Vater, ich glaube sie, hat schon verstanden. Es ist ja nichts passiert.“

„Nichts passiert! Pures Glück, würde ich sagen. Der Stute hätte sonstwas passieren können, nur wegen eines dummen, kleinen Mädchens …“ Und so schimpft er minutenlang weiter, während der Junge prüfend Snowstorms Beine abtastet und in missbilligendem Ton feststellt, dass die Steigbügel verdreht sind und der Kehlriemen zu locker sitzt.

„Es tut mir wirklich Leid“, wiederhole ich und wünschte, der Boden unter meinen Füßen würde sich öffnen und mich verschlingen. Endlich scheint der Mann seiner Schimpftirade müde zu werden und meint abschätzig: „Also, in Gottes Namen, verschwinde. Aber lass dich ja nicht mehr in der Nähe dieses Ponys erwischen, verstanden?“

Ich schleiche davon und würde mich am liebsten in Luft auflösen. Ich höre noch, wie der Mann sagt: „Ein super Pony ist das, jeden Penny wert, Mark – auf das werden wir nochmal stolz sein“, und der Junge gehorsam erwidert: „Gewiss, Vater.“

Ich trotte weiter ohne mich umzuschauen und komme schließlich an den Reitschülern vorbei, die in großen Kreisen im Schritt und Trab reiten. Gott sei Dank waren sie zu weit weg, um etwas mitbekommen zu haben.

Hoffe ich jedenfalls.

Als ich später wieder am Reitstall eintreffe, kommen mir Gina und Ronnie entgegengerannt.

„Was ist passiert? Haben sie dich erwischt?“, will Gina wissen.

„Kurz nachdem du losgeritten warst, kam ein Auto und dieser Junge und sein Vater stiegen aus und suchten nach Snowstorm“, berichtet Ronnie.

„Da hättet ihr mich doch warnen können“, sage ich entrüstet.

„Ging nicht. Dazu war es schon zu spät,“ gibt Gina zurück.

„Na, du hättest ja schwindeln können und sagen, dass Snowstorm woanders ist.“ Ich fühle mich hundeelend. Ich schaffe es einfach nicht zuzugeben, dass es mein eigener Fehler war, weil ich Snowstorm ohne Erlaubnis geritten habe. Gina spürt, dass ich jetzt etwas Mitgefühl brauche.

„Arme Matty. Haben sie sehr mit dir geschimpft?“

„Na, das kannst du laut sagen“, knurre ich.

* * * * *

Zu meiner Überraschung hält mir Miss Pugh keine Gardinenpredigt, weil ich Snowstorm unerlaubt geritten habe – anscheinend haben sich Mark und sein Vater doch nicht über mich beschwert. Aber trotzdem mache ich mich in der Sattelkammer etwas rar, bis ich sicher sein kann, dass sie weg sind.

Als ich mich wieder hineintraue, treffe ich dort die anderen. Bevor irgendjemand eine blöde Bemerkung machen kann, werfe ich ihnen einen warnenden Blick zu. Trotzdem kann sich Gina nicht verkneifen zu sagen: „Dieser Mark sieht eigentlich gar nicht so übel aus."

„Ist mir nicht aufgefallen", murmele ich zurück. „Ich habe mich eigentlich eher um Snowstorm gekümmert."

„Ich wünschte, meine Eltern wären so reich, dass sie mir das Pony kaufen könnten."

„Du träumst wohl!", lacht Ronnie.

„Meine Eltern könnten sich das glaube ich leisten, aber sie sagen mir immer, ich solle mir die Dinge, die ich möchte, selbst verdienen und dass ich nichts auf dem Silbertablett serviert bekommen soll", meint Spike. „Na, vielleicht haben sie ja auch Recht, langfristig gesehen, aber manchmal wünschte ich mir schon …"

Es tritt eine bedrückende Stille ein. Dann sagt Gina plötzlich: „Wir sind eben dazu verdammt, niemals ein eigenes Pony zu haben. Es ist halt Schicksal."

„Quatsch!", platzt Spike heraus. „So was wie Schicksal gibt's nicht."

„Vielleicht sollten wir den ‚Club der Ponylosen' gründen."

„Ach, du bist eine alte Schwarzseherin", brummelt Spike.

Es liegt ein Streit in der Luft, aber dann fällt mir ein, was Spike vorhin darüber gesagt hat, dass man sich die Dinge selbst verdienen soll.

„Haltet die Klappe, ihr beiden“, fahre ich dazwischen. „Wisst ihr, Spike hat irgendwie Recht.“

„Inwiefern?“, will Ronnie wissen.

„Nun, dass jede von uns ihr eigenes Pony bekommt, scheint eher aussichtslos. Jedenfalls zur Zeit“, fange ich an.

„Na, das ist ja nun wahrhaftig keine große Neuigkeit“, meint Ronnie und verdreht die Augen.

„Ja, aber wenn wir zusammenarbeiten, unsere Ersparnisse zusammenlegen und überlegen, wie wir Geld verdienen können, gibt es doch eigentlich keinen Grund, warum wir uns nicht gemeinsam ein Pony kaufen sollten. Es dauert vielleicht eine Weile, aber …“

„Ein Pony für alle“, grinst Ronnie.

„Hört sich an wie der Titel von einem kitschigen Pferderoman – ‚ein Pony für alle‘“, wiederholt Gina und betont dabei spöttisch jedes Wort.

„Aber wir könnten es schaffen, da bin ich sicher“, fahre ich fort. „Was meinst du dazu, Spike?“

Sie nickt begeistert: „Tolle Idee! Wir müssen nur einen Schlachtplan entwerfen.“

Hört sich eigentlich ganz einfach an, oder? Aber wenn es so einfach wäre, ein Pony zu kaufen, hätten wir dann nicht schon längst eines? Und warum ist uns das nicht schon früher eingefallen? Vielleicht ist es ja doch nicht so einfach.

Wir sitzen am hinteren Ende des Hofes, neben dem Bretterzaun, der etwas Schatten spendet. Die Mittagssonne brennt vom Himmel. Ronnie, wie immer gut organisiert, hat bereits einen Bleistift in der Hand und auf dem Schoß ein großes Blatt Papier, das sie vom Klemmbrett in Miss Pughs Büro stibitzt hat.

„Also: Ein Zeitplan“, verkündet sie mit forscher Stimme. „Wir müssen einen Zeitplan und einen Termin für den P-Tag festlegen.“

„Was ist ein P-Tag?“, fragt Gina.

„Pony-Tag. Der Tag, an dem wir losgehen und unser Pony kaufen.“

„Oh. Sollten wir nicht erst mal festlegen, wie viel Geld wir zusammensparen müssen?“

„Ja, Gina hat Recht“, meint Spike. „Wie viel brauchen wir eigentlich?“

„Kommt drauf an, was für ein Pony wir uns so vorstellen“, werfe ich ein.

„Na, es ist wohl jedem klar, dass es weder ein teures Pony mit einem ellenlangen Stammbaum, noch ein Vollblüter werden wird“, sagte Gina und wischt sich eine blonde Haarsträhne aus den Augen. Sie hat sehr feine Gesichtszüge und ganz hellblaue Augen und sieht so zerbrechlich aus, dass ich manchmal denke, ein Windstoß könnte sie umwehen.

„Warum nicht? Wir könnten doch ein ausgedientes Rennpferd kaufen“, sagt Spike und ich sehe ihr direkt an, dass sie sich im Geiste schon ausmalt, wie sie über die Moore galoppiert und sich den Wind um die Ohren pfeifen lässt.

„Aber ich will nicht irgend so ein altersschwaches Pferd“, brummelt Ronnie.

„Wir könnten ein Hengstfohlen kaufen und es zureiten“, schlägt Gina vor. „Vielleicht einen schönen Kastanienbraunen mit vier weißen Fesseln und einem weißen Stern auf der Stirn. Den könnten wir Coppergold taufen."

„Ich hätte lieber einen hübschen Welsh Cob – sensibel, aber mit Schmackes. Am besten graubraun. Das ist meine Lieblingsfarbe," sinniert Ronnie laut vor sich hin.

„Oder einen Appaloosa. Ein Appaloosa wäre toll! Die sind so schön bunt und haben viel Temperament. Habe ich jedenfalls mal gehört", meint Spike.

„Mir wäre eine hellgraue Stute am liebsten, so eine wie Snowstorm", sage ich wehmütig.

„Was du wirklich willst, ist Snowstorm höchstpersönlich. Vergiss es, Matty. Sie kostet garantiert eine schöne Stange Geld, und Mark würde sie dir NIEMALS verkaufen, schon gar nicht nach dem, was heute passiert ist." Ronnies Stimme klingt mitfühlend, aber entschieden. Einen Moment lang erinnert sie mich an meine Mutter.

„Wir können nicht immer das bekommen, was wir uns wünschen, Matty", pflegt sie mir häufig zu sagen, worauf ich immer antworte: „Warum eigentlich nicht?"

„Meint ihr nicht, dass wir uns jetzt ein bisschen hinreißen lassen?", wirft Gina ein. „Wenn wir das Geld erst einmal zusammen haben, können wir uns immer noch den Kopf darüber zerbrechen, was für ein Pony wir wollen."

„Ich fürchte, wir bewegen uns im Kreis", lacht Ronnie und rauft sich mit gespielter Verzweiflung die Haare. „Schaut mal, wir wissen doch alle, was ein anständiges Pony so ungefähr kostet – sagen wir mal, 14 Hand hoch oder so, etwa sieben Jahre alt, zuverlässig und gut zugeritten."

Ich nicke. „Klar, wir haben ja schon oft genug die Anzeigenseiten in den Ponymagazinen durchforstet und uns ausgemalt, welches wir gerne hätten."

„Genau! Also überlegen wir uns eine ungefähre Summe, auf die wir hinarbeiten können. Dann müssen wir noch ausrechnen, wie viel Kapital jede von uns einbringt und wie viel wir noch verdienen müssen, um den Gesamtbetrag zu erreichen."

„Kapital?" Spike imitiert Ronnies Stimme. „Du klingst wie ein erfolgreiches Businessweib, Ronnie. Kannst du nicht genauso sprechen wie wir alle?" (Sie macht sich oft über Ronnies derzeitiges Berufsziel lustig – sie will nämlich eine Kette erfolgreicher vegetarischer Fastfood-Restaurants aufmachen und die dann später verkaufen und sich mit 21 Jahren mit dem Gewinn zur Ruhe setzen. Wir sind alle fest davon überzeugt, dass das nie und nimmer hinhauen wird, aber manchmal ist Ronnie halt unbelehrbar).

„Ihr seid vielleicht ein ungebildeter Haufen! Na gut, also Ersparnisse. Wie viel bekommen wir denn zusammen?"

In den nächsten fünf Minuten stellt sich heraus, dass wir im Moment kaum ein Viertel von der Summe zusammenbringen, die wir bräuchten. Sogar ganz erheblich weniger, um ehrlich zu sein.

„Und was ist mit dem Rest? Wie sollen wir den zusammenkratzen? Hat jemand einen Vorschlag?" Ronnie hat immer noch ihren autoritären Ton und Spike wird allmählich ärgerlich. Es ist inzwischen ziemlich warm geworden und ich frage mich, ob bei diesem Gespräch noch viel herauskommen kann, wenn wir weiter in der brütenden Sonne herumhocken.

Plötzlich fällt Gina noch etwas ein: „Wo bringen wir denn unser Pony überhaupt unter? Doch sicher nicht hier bei Miss Pugh?“

„Na, wo denn sonst?“, gibt Spike ungeduldig zurück.

„Kommt, lasst uns beim Thema bleiben, ja?“, sagt Ronnie und schaut die beiden ungehalten an. „Wir wollten uns doch überlegen, wo wir das restliche Geld herbekommen können.“

Wir stellen also eine Liste von bezahlten Tätigkeiten auf, die infrage kommen. Es ist ein langer, mühevoller Prozess, aber zum Schluss hat Ronnie Folgendes notiert:

- Babysitting (was allerdings bei keinem von uns große Begeisterung auslöst),
- Zeitungen austragen (allerdings wissen wir noch nicht, ob wir das in unserem Alter vom Gesetz her schon dürfen – Spike wird das herausfinden),
- Gartenarbeiten,
- Autowaschen,
- Hunde ausführen (ob uns dafür jemand Geld gibt?),
- Flohmarkt (dazu bräuchten wir die Hilfe eines Erwachsenen).

„Keine sehr vielversprechende Liste“, meinte Gina mit düsterer Miene.

„Meine Eltern bezahlen mir was für Hausarbeit, zum Beispiel für Bügeln und Staubsaugen“, sagt Spike. Sie ist entschlossen, das Ganze positiv zu sehen. „Und noch für andere Dinge, die sie selbst nicht mögen, etwa das Badezimmer oder die Toilette putzen."

„Ich glaube nicht, dass meine Eltern mir was bezahlen würden, wenn ich die Toilette putze", bemerkt Ronnie.

„Meine erst recht nicht", füge ich hinzu und wir fangen an zu kichern.

„Dann müssen wir uns eben noch überlegen, was wir sonst tun könnten. Es ist ein fortlaufender Prozess", sagt Ronnie. „Was meint ihr, wäre es realistisch, wenn wir Weihnachten anpeilen?"

„Du meinst im Jahr 2020?", meint Spike scherzhaft.

„Keineswegs", gibt Ronnie knapp zurück.

„Wir können uns doch Weihnachten vornehmen", schlage ich vor. „Sollte es nicht so gut laufen wie geplant, können wir den Termin ja immer noch verschieben. Wichtig ist doch erstmal, dass wir uns zeitlich ein Ziel setzen."

„Einverstanden", nickt Gina.

„Okay", sagt Spike. „Und jetzt schlage ich vor, wir gehen alle ins Schwimmbad, bevor wir hier wegschmelzen!"

Es ist herrlich, endlich ins kühle Wasser einzutauchen, obwohl wir uns erst einmal durch Horden von Kindern kämpfen mussten, bevor wir ein freies Plätzchen fanden. Das ist das Lästige an Freibädern im Sommer – sie sind voller lärmender, herumspritzender Kinder! (Wie ihr bemerkt habt, zähle ich mich selbst nicht mehr zu dieser Kategorie). Sollte ich einmal reich sein, dann lasse ich in meinem Garten einen Privat-Swimmingpool bauen. Dann werde ich schwimmen, wann immer ich will, und Gina, Spike und Ronnie dazu einladen.

Als wir einige Stunden später in den Bus steigen, sind wir alle erfrischt und in sehr viel besserer Stimmung – und wir haben einen Bärenhunger (bis auf Ronnie, die drei Eisportionen vertilgt hat und jetzt über Magendrücken klagt. Aber unser Mitleid hält sich in Grenzen, denn sie kann essen und essen und nimmt dabei niemals ein Gramm zu!)

Wie immer plappern wir die ganze Heimfahrt über alles Mögliche und in den gelegentlichen Pausen stellt sich wahrscheinlich jede von uns insgeheim vor, wie es sein wird, wenn wir unser eigenes Pony haben. Wir haben wohl alle unsere persönliche Traumvorstellung und ich muss gestehen, dass ich wirklich etwas auf Snowstorm fixiert bin. Der Ritt mit ihr heute hat in mir irgendetwas ausgelöst. Ich glaube, ich habe mein Herz an dieses Pony verloren.

Am nächsten Tag soll im Stadtkino ein neuer Film herauskommen und wir verabreden uns für die Abendvorstellung. In den Kritiken wurde er in den höchsten Tönen gelobt und der Hauptdarsteller ist unser Lieblingsstar, ein echter Herzensbrecher. Und obendrein spielt die Handlung auf einer Insel mit Wildpferden, was uns natürlich erst recht anzieht.

„Du riechst nach Chlor“, meint Mum, als ich in die Küche komme.

„Hm-hm“, mache ich nur. „Was gibt’s zu essen?“

„Pizza und Salat“, entgegnet sie. „Du gibst mir besser gleich dein nasses Handtuch, damit ich das Chlor rauswaschen kann.“

Ich wühle in meiner Badetasche herum und ziehe das Handtuch heraus.

„Du wirst nie erraten, was es Neues gibt“, fange ich an und hole dabei Salat und Tomaten aus dem Kühlschrank.

„Na, was denn?“, fragt Mum. “Hat Miss Pugh endlich ihr Grundstück an die Bauunternehmung verkauft?“

„Nein. Aber es gibt ein wundervolles neues Pony. Es hat dort einen Mietstall. Sein Besitzer, ein Junge, ist ein richtiger Trottel und sein Vater ist noch schlimmer.“ Meine Stimme klingt auf einmal verbittert und weinerlich. „Es ist so ungerecht! Er verdient dieses Pony gar nicht. Er kann noch nicht mal richtig reiten.“

„Aber Liebes, es hat doch keinen Zweck, sich darüber aufzuregen.“ Sie gibt mir mit einem Nicken zu verstehen, dass ich mich an den Tisch setzen soll und gleich darauf kommt Dad in die Küche. „Esst eure Pizza, bevor sie kalt wird!“

Aus irgendeinem Grund kann ich heute nicht einschlafen. Vielleicht liegt es an der Hitze, oder ich habe zu viel Pizza gegessen. Jedenfalls geistern ständig alle möglichen Gedanken durch meinen Kopf, die sich nicht nur um Snowstorm drehen, sondern – und das macht mich ärgerlich – auch um Mark.

Kurz vor Mitternacht höre ich Mum und Dad die Treppe heraufkommen und zu Bett gehen. Ich mache das Schlafzimmerfenster auf und starre in unseren kleinen Garten im Hinterhof hinab – auf die ordentlichen Blumenbeete und die Hecken, die Dad immer so liebevoll stutzt, und den kleinen

Steingarten, den er zusammen mit Mum angelegt hat, und den frisch gemähten Rasen. Trotzdem kann ich nicht umhin, mir zu wünschen, es wäre eine schöne, große Koppel mit weißen Pfosten und einem Lattenzaun und einem plätschernden Bach, oder vielleicht ein üppiger Obstgarten mit Apfelbäumen und einer grünen Wiese. Und in jedem meiner Fantasiebilder grast irgendwo ein hellgraues Pony und wenn ich zu ihm hinüberschaue, hebt es seinen Kopf und wiehert mir freundlich zu.

Mit dieser angenehmen Vorstellung im Kopf steige ich wieder ins Bett (eigentlich lege mich nur drauf, denn bei der Hitze hält es kein Mensch unter der Decke aus) und versinke in einen tiefen Schlaf. In meinen Träumen erlebe ich nochmal den Ritt mit Snowstorm, aber dieses Mal galoppieren wir die ganze Zeit und sie trägt keinen Sattel und ich höre nur noch das Getrappel ihrer Hufe. Es ist ein prickelndes Gefühl und ich weiß schon jetzt, dass es niemals mehr ein Pony geben wird, das sich so gut reitet wie sie. Dann höre ich plötzlich, wie mich jemand anbrüllt, ich erkenne die Stimme und mein Magen zieht sich zusammen. Ich schaue über meine Schulter und sehe, wie mir Marks Vater nachrennt und schreit, dass er mich umbringt, wenn er mich erwischt. Ich treibe Snowstorm an und als ich das nächste Mal zurückschaue, werde ich von einem Auto verfolgt. Am Steuer sitzt Mark, mit versteinertem Gesicht und glühenden Augen, wie ein Besessener. Das Auto befindet sich nun auf gleicher Höhe mit Snowstorms Schulter, ich atme immer schwerer, mein Mund ist wie ausgetrocknet und Snowstorm fliegt förmlich dahin – so schnell, wie ich es noch nie bei einem Pony erlebt habe. Dann geht das Autofenster auf und Mark wirft etwas nach uns (ich weiß nicht, was es ist). Als Nächstes erinnere ich mich, dass ich falle, immer tiefer falle und schließlich hart auf dem Boden aufschlage und überall Schmerzen habe. Trotzdem schaffe ich es aufzustehen – und muss zusehen, wie Snowstorm fortgeführt und in einen Lastwagen geladen wird, obwohl sie sich wie wild aufbäumt und voller Angst um sich schlägt. „Halt!", schreie ich und werfe mich gegen Mark, der aber stößt mich zu Boden und lacht mir hämisch ins Gesicht. Der Lastwagen fährt davon und ich höre nur noch das schrille Wiehern von Snowstorm, die sich weiter und weiter von mir entfernt.

Kapitel 3

„Findest du, dass mir der neue Dress steht? Aber sag's ehrlich." Gina schaut mich fragend an und ich weiß, welche Antwort sie sich erhofft..

„Sieht spitze aus, Gina. Echt!", entgegne ich.

„Wirkt er nicht etwas zu protzig? Ich meine, Rot kann sehr auffällig sein."

„Nein wirklich, es steht dir toll!"

„Und du siehst auch wirklich kein bisschen wie ein Feuermelder aus", neckt sie Spike. Gina knufft sie in die Seite und die beiden fangen an zu kichern. Ich lasse mich von ihnen anstecken, aber in Wirklichkeit bin ich mit meinen Gedanken ganz woanders und Ginas Kleid ist mir im Moment ehrlich gesagt ziemlich schnuppe.

Wir sitzen oben im Doppeldecker-Bus und sind auf dem Weg in die Stadt, um uns den Kinofilm anzuschauen, von dem ich vorhin erzählt habe. Es ist ein wunderschöner, lauer Sommerabend, ich bin in Gesellschaft meiner besten Freundinnen, und morgen fangen die Schulferien an. Ich hätte also wirklich jeden Grund, fröhlich und vergnügt zu sein. Warum fühle ich mich nur so niedergeschlagen?

Vielleicht liegt es daran, dass der Tag nicht gerade gut angefangen hat. Als ich früh aus meinem Albtraum über Snowstorm erwachte, fiel ich gleich danach wieder in einen Tiefschlaf. Da ich vergessen hatte, meinen Wecker zu stellen und Mum und Dad mich nicht aufweckten, habe ich völlig verschlafen. Als ich schließlich zerzaust und übel gelaunt nach unten ging, lagen Mum und Dad im Garten in den Liegestühlen, sonnten sich und lächelten mir wohlwollend entgegen.

Ich rannte zu den Ställen hinüber, aber dort war keine Menschenseele. Alle – und ich meine wirklich alle – waren ausgeritten. Wie ich später erfuhr, hatte in letzter Minute eine vierköpfige Familie den Reitunterricht abgesagt, weil sie alle an Magenverstimmung litten, und so waren vier Pferde frei und Miss Pugh hatte in einem seltenen Anfall von Großzügigkeit beschlossen, ihren Helferinnen einen kostenlosen Ausritt zu spendieren. (Gina, Spike und Ronnie erzählten mir das alles, als sie von ihrem Ritt zurückkehrten. Irgendwie wirkten sie dabei für meinen Geschmack ein bisschen zu selbstgefällig.) Ich hatte also einen kostenlosen Ausritt verpasst, bloß weil ich verschlafen hatte!

Als ich niemanden antraf, wanderte ich eine Weile ziellos umher. Dann fand ich in der Sattelkammer Ginas Kofferradio, suchte eine Station mit Popmusik und hockte eine Zeit lang schmollend herum. Aber das wurde mir bald langweilig und ich stand auf um nachzusehen, ob da nicht irgendwo noch ein Pony war, mit dem ich mich unterhalten konnte. Elliott, der Schecke mit der Stoppelmähne, döste in seiner Box vor sich hin. Komischerweise war er gesattelt und aufgezäumt (später sagten sie mir, dass ich ihn hätte reiten können, wenn ich rechtzeitig gekommen wäre). Ich löste seinen Sattelgurt und tätschelte ihm eine Weile den Hals, als ich plötzlich aus Snowstorms Box ein sanftes Wiehern hörte. Ich ging hinüber und sie schmiegte mir freundlich ihre weiche Schnauze ins Haar und leckte mir die Hände. Sie war so lieb und sanft, dass mein Herz einen wehmütigen Sprung tat.

Da waren wir beide hier nun ganz alleine. Für mein Leben gern hätte ich sie jetzt einfach aus der Box geholt und wäre mit ihr ausgeritten, aber ich traute mich natürlich nicht. Und so erzählte ich ihr einfach nur, wie ich heute Morgen verschlafen hatte und fragte sie, was sie von meinem Traum hielt. Natürlich hörte sie mich geduldig an und nickte nur ab und zu mit dem Kopf. Als ich ihr dann gerade von dem Film erzählen wollte, den ich mir heute Abend mit den anderen anschauen wollte, hörte ich hinter mir jemanden sich räuspern und bemerkte, dass wir nicht allein waren. Mein Kopf flog herum. Na, ihr habt's sicher schon erraten: Es war Mark.

„Oh bitte, lass dich nicht stören … erzähl nur weiter“, sagte er sichtlich amüsiert, aber natürlich nicht so, dass er sich dabei ein Lächeln abgerungen hätte.

Ich wurde puterrot und fragte mich voller Zorn, wie lange er da wohl schon gestanden haben mochte. Wahrscheinlich hält er mich für völlig übergeschnappt. Dann fiel mir die Warnung seines Vaters ein, Snowstorm ja nie mehr zu nahe zu kommen – und hier stand ich, mitten in ihrer Box … Mark muss erraten haben, was mir durch den Kopf ging, denn er sagte „Keine Bange, Dad ist heute nicht mitgekommen. Gott sei Dank.“

Ich nahm an, dass er dabei an mich dachte. Dann herrschte eine unbehagliche Stille, bis auf das dämliche Geplapper von dem DJ im Radio. Schließlich sagte Mark: „Macht es dir was aus, mir zu zeigen, wo ihr Zaumzeug ist?“

Das war meine Chance, mich zu revanchieren. Ich tat so, als müsse ich angestrengt nachdenken, und meinte dann: „Also, ich kann mich natürlich irren, weißt du, es ist nur so ein Gefühl … aber wäre es unter Umständen vielleicht möglich, dass es in der Sattelkammer hängt…?“

Marks Gesicht versteinerte sich, genau wie am Tag zuvor auf dem Feld, und für einen kurzen Moment bereute ich meine sarkastische Bemerkung.

„Na, da drüben halt“, brummte ich und deutete in Richtung Sattelkammer. Ich hatte nicht die Absicht, ihn hinzuführen. „Dein Zaumzeug ist das neue, das so schön glänzt.“

Ich blieb auf dem umgedrehten Futtereimer hocken und sah ihm zu, wie er Snowstorm sattelte und zäumte. Ich war wild entschlossen, ihm dabei nicht zu helfen (nicht, dass er Hilfe gebraucht hätte). Er führte Snowstorm auf die kleine Sandbahn und trainierte ein paar Gangwechsel, gefolgt von einer ziemlich eindrucksvollen Schlangenlinie. Dann stieg er ab und baute aus mehreren Pfählen, Öltonnen und Autoreifen einen kleinen Sprungparcours auf. Er brauchte ewig dazu und begann zu schwitzen. Ein oder zweimal schaute er verstohlen zu mir herüber, aber ich starrte einfach nur ungerührt zurück. Vielleicht erwartete er, dass ich ihm zur Hand ging.

Jedenfalls erwies sich Snowstorm als eine richtig gute Springerin – mutig und sehr konzentriert. Sie sprangen mehrere fehlerfreie Runden aus verschiedenen Richtungen. Mark ritt wirklich gut, das musste ich zugeben, aber irgendwie wirkte es eine Spur zu ‚mechanisch'. Nicht, dass er Snowstorm zu hart lenkte oder grob zu ihr war, aber irgendwie schien er ein wenig wie eine ferngelenkte Maschine. Nach etwa einer Stunde führte er sie zum Abkühlen etwas herum, dann sattelte er sie ab und rieb sie trocken. Da hörte ich die anderen von ihrem Ausritt zurückkommen und öffnete ihnen das Gatter.

„Hi, Matty! Menschenskind, wo warst du denn? Wir haben einen wundervollen Ausflug gemacht!", rief Spike, die als Erste auf den Hof ritt.

„Ja, wir sind sogar ein Stückchen galoppiert", fügte Ronnie hinzu. „Du hättest sehen sollen, wie Soames losgedüst ist!"

„Da hast du echt was verpasst, Matty", sagte Gina und ich dachte mir, meine Güte, müsst ihr noch Salz in die

Wunde streuen? „Miss Pugh war heute bester Laune. Wir haben sie im Pub zurückgelassen. Wahrscheinlich sitzt sie da immer noch. Aber jetzt sag mal, wo bist du abgeblieben?“

In dem Moment kam Mark aus Snowstorms Box heraus.

„Ahh, ich verstehe“, sagte Gina mit vielsagender Stimme. „Matty, du bist doch nicht etwa …“

„Ich bin WAS nicht?“, fauchte ich zurück.

„Auf Snowstorm geritten, natürlich, was soll sie denn sonst gemeint haben?“, warf Spike ein. „Himmel, bist du heute schlecht gelaunt!“

Mark marschierte wortlos an uns vorbei, als wären wir alle Luft und verschwand in der Auffahrt. Ich glaube, er hat sich noch einmal kurz umgedreht, aber wahrscheinlich habe ich mir das nur eingebildet.

* * * * *

„Und … woran?“, fragt Ronnie und weckt mich aus meinen Tagträumen.

„Was?“

„Woran denkst du gerade?“, wiederholt sie.

Diese Frage hat mich schon immer genervt.

„Nichts Besonderes“, antworte ich.

„Glaubst du, dass Gina was an Mark findet?“ sagt sie plötzlich, aber bevor ich darauf antworten muss, kommt der Bus vor dem alten Kino zum Stehen. Höchste Zeit, dass sie es zu einem Multiplex-Kino umbauen.

Wir genießen den Film, und der Hauptdarsteller ist wie immer hinreißend, aber mir gefallen am besten die Szenen mit den Pferden. Eine ganze Herde von Pferden. Der Leithengst ist einfach toll und als er zum Schluss mutig die Klippe hinabspringt und zu der Insel zurückschwimmt, steigen mir die Tränen in die Augen. (Mehr werde ich nicht verraten, falls ihr euch den Film irgendwann mal selbst ansehen wollt).

Wie immer gibt es nachher vor der Damentoilette eine lange Schlange (warum gibt es eigentlich vor den Männertoiletten nie eine?), und wir sind auch noch die Letzten. Gina braucht ewig und drei Tage, um ihr Make-up aufzufrischen und einen kleinen Fleck aus ihrem neuen roten Kleid zu entfernen (Spike hat ihr aus Versehen Schokoladeneis darauf getropft). Eine Weile warten wir alle geduldig auf sie, aber schließlich wird Ronnie ungeduldig und sagt: „Also, jetzt mach aber mal ein bisschen hin, Gina. Ich würde gerne noch eine Pizza essen, bevor wir heimfahren, und wir haben nicht mehr viel Zeit, wenn wir den letzten Bus noch erwischen wollen." Gina tupft noch ein letztes Mal ihr Kleid mit einem Papierhandtuch ab und dann ziehen wir sie zu dem Schnellimbiss über der Straße. Da wir die Letzten waren, die das Kino verließen, müssen wir uns jetzt natürlich auch ganz hinten anstellen. Spike schaut immer wieder unruhig auf ihre Uhr. „Wenn wir nicht bald vorankommen, dann verpassen wir noch den letzten Bus."

„Mir egal, ich will ein Stück Pizza", gibt Ronnie leicht gereizt zurück. „Und wir haben noch volle fünf Minuten."

In diesem Moment sehen wir durchs Fenster, wie der Bus von der Haltestelle wegfährt.

„Na wunderbar", murmelt Spike verärgert. „Das war der letzte."

„Kann doch gar nicht sein!", sagt Ronnie.

„War er aber. Bist du jetzt zufrieden?" Spike klingt jetzt richtig ungehalten. „Aber du wolltest ja nicht hören."

Ronnie hat endlich ihre Pizza ergattert und während sie mit vollen Backen kaut, versammeln wir uns um den Fahrplankasten an der Haltestelle.

„Ach du liebe Güte, seit gestern gilt ja der Sommerfahrplan! Das haben wir völlig vergessen," stellt Gina fest. „Oh je, was machen wir denn jetzt?"

„Nun, wir könnten uns ein Taxi nehmen", schlägt Ronnie vor.

„Oder wir laufen einfach", meint Spike. „Es ist doch gar nicht so weit. Macht auch sicher Spaß, so an der frischen Luft!"

„Meinst du nicht, wir sollten unsere Eltern anrufen und ihnen Bescheid sagen?", frage ich.

Spike verdreht die Augen. „Also hör mal, wir sind doch wohl alt genug, um auf uns selbst aufzupassen. Meine Eltern sind wahrscheinlich sowieso schon schlafen gegangen. Es ist fast elf."

„Aber ist der Weg denn auch sicher?", fragt Gina besorgt.

„Es ist nicht weit", wiederholt Ronnie und steckt sich genüsslich den letzten Bissen Pizza in den Mund. „Wir werden uns höchstens um etwa eine Stunde verspäten."

„Und wenn wir die Abkürzung nehmen, werden wir vermutlich überhaupt nicht zu spät kommen“, sagt Spike grinsend.

„Was für eine Abkürzung?“, will ich wissen. Mir ist nicht ganz wohl bei der Sache. Die anderen fangen an zu kichern.

Wir haben den Friedhof schon fast durchquert, als mir plötzlich Zweifel kommen. „Ich halte diese Abkürzung für keine so gute Idee, Spike“, sage ich. Wir schlängeln uns zwischen efeuüberwucherten Gräbern und halb zerfallenen Grabsteinen hindurch. Mir gehen Bilder von jedem Horrorfilm durch den Kopf, den ich jemals gesehen habe. Bei dem Gedanken an bleiche Knochenhände, die durch die Erde stoßen und mit eisernem Griff meine Fußgelenke umfassen, läuft es mir kalt den Rücken herunter. Im Geiste sehe ich Fleisch fressende Zombies, die sich von ihrem Ruheplatz erheben und auf uns zuwanken. „Hätten wir bloß einen anderen Weg genommen“, sage ich verzagt.

„Hör mal, du glaubst doch wohl nicht an Gespenster, oder?“, fragt Ronnie spöttisch.

„Natürlich nicht“, gebe ich zurück und versuche dabei möglichst gelassen zu klingen. „Aber es ist hier so schrecklich dunkel und ich höre überall diese merkwürdigen Schreie.“

„Eulen“, sagte Spike.

„Was auch immer. Jedenfalls hoffe ich, dass ihr den Weg kennt, denn Gina macht sich wirklich Sorgen.“

Ich werfe einen Blick auf Gina, aber sie sieht eigentlich überhaupt nicht mehr ängstlich aus.

„Was war das? Da war so ein merkwürdiges Geräusch“, zische ich plötzlich.

„Eulen, hab ich dir doch schon gesagt“, wiederholt Spike.

„Nein, nein, das klang ganz anders. Wie Schritte. Von da drüben.“

„Herrgott nochmal, Matty, reiß dich doch etwas zusam…“ beginnt Ronnie. In diesem Moment fangen die Kirchturmglocken an zu läuten. Es ist Mitternacht.

Und dann sehen wir es alle, genau vor uns. Eine große, dunkle Gestalt, die uns den Weg versperrt.

„Das gibt's doch nicht … seht ihr etwa auch das, was ich sehe?“, flüstert Ronnie ungläubig.

Wir nicken alle.

„Keine Frage. Das ist eindeutig ein Pferd.“

Kapitel 4

Das Pferd trottet auf uns zu, bis ich seinen Atem im Gesicht verspüre, warm und freundlich. Es schaut uns aus weit geöffneten Augen neugierig an. Über seiner rechten Augenbraue fällt mir eine kleine Schnittwunde auf. Die Stelle ist mit etwas getrocknetem Blut verkrustet.

„Ganz ruhig, na komm“, flüstere ich und hoffe, dass er nicht erschrickt. „Gina, gibst du mir deinen Schal?“

„Was?“, sagt Gina und hält schützend ihren langen seidenen Schal mit dem Blümchenmuster fest .

„Wir brauchen was, um ihn festzubinden. Komm schon, es ist für einen guten Zweck!“

Widerwillig reicht mir Gina ihren Schal herüber und ich schlinge ihn dem Pferd behutsam um den Hals.

Mir kommt es vor, als wäre es darüber fast erleichtert.

„Ach, ist das Pferd süß“, seufzt Gina.

Ronnie und Spike streicheln ihm über den Hals, und er gibt ein freundliches Wiehern von sich.

„Und was machen wir jetzt mit ihm?“, fragt Spike.

„Na, ich schätze, wir nehmen ihn erstmal mit nach Hause“, schlage ich vor und die anderen sind einverstanden.

Das Pferd geht gemächlich neben uns her und bewegt aufmerksam seine Ohren, während wir aufgeregt darüber spekulieren, wo es wohl herkommen mag. Irgendwie ein traumhaft-unwirkliches Gefühl, so mit einem Pferd an unserer Seite im Mondschein durch die Reihenhäuser zu marschieren.

Ich mustere seinen Nacken und die Schulter und bewundere die edle Kopfform. Auch die kräftige Rückenpartie, die langen Beine und die fein geschnittenen Hufe fallen mir auf. Sein Fell ist tief dunkelbraun und auf der Stirn hat er ein auffälliges weißes Mal, das die Form eines kleinen Halbmondes hat. Nun stellt sich natürlich die Frage, was so ein Pferd mitten in der Nacht mutterseelenallein auf einem Friedhof zu suchen hat.

„Matty, wo um Himmels willen hast du nur gesteckt? Kind, wir waren so in Sorge! Ronnies Eltern waren hier, um zu sehen, ob du schon da bist, und auch Ginas Mutter hat ständig angerufen. Wir haben ihnen gesagt, dass wir noch ein wenig abwarten, bevor wir die Polizei benachrichtigen!“ Meine Eltern sitzen in der Küche und sehen sehr besorgt drein und ich bekomme ein schlechtes Gewissen, weil ich sie nicht angerufen habe.

„Wir wissen ja, dass du öfters in merkwürdige Situationen gerätst“, meint mein Vater. „Also, was war es denn diesmal?“

„Wir haben den letzten Bus verpasst und deshalb sind wir gelaufen. Es tut mir Leid, dass ihr euch Sorgen gemacht habt. Ich hätte anrufen sollen,“ und dabei werfe ich Spike einen finsteren Blick zu. „Und dann haben wir auf dem Friedhof ein Pferd gefunden …“ Bei diesen Worten fällt mir ein, wie verrückt sich das anhören muss. „Wir haben es mitgebracht. Es ist draußen im Garten.“

„Oh …“ Mein Vater muss wohl erst kurz verdauen, was ich gerade gesagt habe, dann schaut er aus dem Fenster in den Garten und meint: „Passt mal kurz auf den Gaul auf, ich hole nur eine Leine aus der Garage.“

Gleich darauf kommt er mit einem weichen Seil zurück, aus dem wir ein provisorisches Halfter zurechtbinden – und Gina ist erleichtert, dass sie ihren feinen Seidenschal zurück bekommt.

Dann holt meine Mutter einen knackigen Granny Smith-Apfel für das Pferd. „Gute Idee!“, nicke ich und stelle insgeheim fest, dass meine Eltern ja vielleicht doch etwas Sinn für Pferde haben. Ich halte dem Pferd den Apfel entgegen und es zeigt sofort Appetit. Erst streckt es mir seine Nase entgegen, nimmt den Leckerbissen mit weichen Lippen ganz behutsam aus meiner Handfläche und beginnt dann ebenso genüsslich wie geräuschvoll zu kauen.

„Ich würde gerne hier bei dem Pferd bleiben, aber ich sollte wohl besser nach Hause gehen“, meint Ronnie.

„Ja, ich denke, das solltest du“, pflichtet Mum ihr bei.

„Das gilt wohl auch für mich“, fügt Spike hinzu, und trotz ihrer Beteuerungen, dass sie durchaus im Stande ist, alleine nach Hause zu laufen, besteht Dad darauf, sie heimzufahren.

„Was ist mit dir, Gina?“, fragt meine Mutter. Sie hat bemerkt, dass Ginas Miene immer besorgter geworden ist. Mum weiß, wie Ginas Mutter sein kann.

„Was soll ich ihr bloß sagen?“, murmelt Gina betreten.

„Die Wahrheit natürlich!“, sage ich. „Dass der letzte Bus früher fuhr als sonst und dass wir ihn verpasst haben und nach Hause laufen mussten.“

Gina runzelt die Stirn und Mum meint. „Hör mal, Gina, warum bleibst du nicht einfach über Nacht hier? Du siehst todmüde aus. Wenn du möchtest, rufe ich deine Mutter an und erkläre ihr die Lage.“

„Oh, würden Sie das wirklich tun?“, ruft Gina dankbar. „Sie regt sich immer so schnell auf und dann ist es manchmal kaum mehr möglich, mit ihr zu reden.“

Mum geht zum Telefon und es gelingt ihr, Ginas Mutter zu beschwichtigen, während wir anderen in der Küche sitzen, Kekse essen und Tee trinken und uns überlegen, was nun mit dem Pferd geschehen soll.

„Also jedenfalls ist es heute schon zu spät, um es bei der Polizei zu melden“, meine ich nachdrücklich. Und Dad entgegnet: „Da hast du wahrscheinlich Recht. Wir machen uns morgen darüber Gedanken."

„Es ist doch schon morgen", werfe ich ein.

„Stimmt", gähnt Dad. „Wir sollten alle schlafen gehen."

Gina und ich schauen nochmal nach dem Pferd. Es ist am Zaun angebunden und hat einen Eimer mit frischem Wasser zu trinken. Die Verletzung über seinem Auge habe ich mit einer antiseptischen Lösung ausgewaschen. Insgesamt wirkt es jetzt eigentlich ganz glücklich und zufrieden.

Mit dem Gedanken, dass in unserem Garten ein fremdes Pferd steht – und mit Gina, die im Schlafsack auf dem Boden liegt und schnarcht wie ein Walross – fällt es mir nicht leicht, einzuschlafen. Aber schließlich schlummere ich doch ein. Um 7.30 Uhr werde ich von einer Autoalarmsirene aus dem Schlaf gerissen (das passiert in unserer Gegend öfters). Ich drehe das Radio an und gehe unter die Dusche. Da fällt mir plötzlich ein, was gestern alles passiert ist und ich renne ans Fenster und gucke in den Garten hinunter … ja, das Pferd ist noch da. Es hat ein Hinterbein hochgezogen und schaut gelangweilt vor sich hin.

Mum und Dad sitzen schon am Küchentisch. Sie haben offenbar über die Vorkommnisse gestern Nacht gesprochen und was nun mit dem Pferd geschehen soll. Ich gieße mir ein Glas Milch ein und sage, dass Gina immer noch schläft.

„Deine Mutter hat bereits das Polizeirevier angerufen und gemeldet, dass wir ein herumirrendes Pferd hier haben", teilt mir Dad mit. Ich fühle, wie Panik in mir aufsteigt. Mum bemerkt es. Sie kann sich sicher denken, wie enttäuscht ich wäre, wenn wir das Pferd schon bald wieder hergeben müsst. Deshalb sagt sie rasch: „Aber bis jetzt hat noch niemand hier in der Gegend ein Pferd als vermisst gemeldet. Es liegt also vorerst wahrscheinlich an uns, zu entscheiden, was mit ihm passieren soll. Ich denke, die Polizei hofft, dass wir uns etwas überlegen."

Dad lächelt schief. „Denke ich auch. Die haben sicher genug anderes zu tun, als sich um entlaufene Pferde zu kümmern. Hauptsache ist, dass wir es ordnungsgemäß gemeldet haben."

„Das heißt also, wir können es behalten, bis jemand Anspruch erhebt?", sage ich mit unverhohlener Begeisterung.

„Na ja, ganz so einfach ist das nicht", erwidert Mum. „Ich meine, wir können im Garten schließlich kein Pferd beherbergen. Und wer soll für die Futterkosten und Tierarztrechnungen aufkommen?"

„Das werden wir tun", entgegne ich unbeirrt. Ich habe ein Pferd! Endlich habe ich ein Pferd!

„Wir? Wer ist wir?", fragt Dad mit hochgezogenen Augenbrauen.

„Ich meine Ronnie und Spike und Gina und ich. Wir können unser Taschengeld und unsere Ersparnisse dafür verwenden."

„Also, ich weiß nicht, ob mir das recht ist", meint Mum. „Und dann stellt sich da immer noch die Frage, wo das Tier untergebracht werden soll."

„In einem von Miss Pughs Mietställen natürlich!", sage ich voller Enthusiasmus.

„Du hast sie doch noch gar nicht gefragt, ob das geht. Was ist, wenn dort kein Platz mehr ist?“

„Ach, da gibt’s sicher ein Plätzchen“, meine ich unverdrossen. Nichts kann mich halten, jetzt, wo ich endlich stolze Besitzerin eines Pferdes bin! Na ja, okay, vielleicht übertreibe ich da ja ein bisschen.

Das Pferd gibt ein sanftes Wiehern von sich und gleich darauf streckt Ronnie den Kopf durch die geöffnete Tür und grinst in die Runde.

„Einen wunderschönen guten Morgen!“, schmettert sie uns entgegen.

Mum bietet ihr eine Tasse Tee an. Als wir bereits die zweite Tasse geleert haben und Gina sich immer noch nicht blicken lässt, beschließe ich nach ihr zu sehen.

„Lass mich gehen“, sagt Ronnie feixend. „Ich wollte Gina schon immer mal ohne Make-up sehen!“

Bevor Mum und Dad das Haus verlassen, besteht Mum darauf, dass wir sofort mit Miss Pugh reden und fragen, ob wir das Pferd vorerst bei ihr unterbringen dürfen. Wir versprechen ihr, das zu tun, sobald wir Gina aus den Federn geholt haben.

Heute schaffen wir den zehnminütigen Weg in einer Rekordzeit von fünf Minuten und kommen erhitzt, schwitzend und völlig außer Atem an der Reitschule an. Von Miss Pugh allerdings keine Spur. Eine der Stallhelferinnen (die jüngste von denen ist erst sieben) meint, dass sie wahrscheinlich auf dem Feld sei, um die Zäune zu kontrollieren, weil Elliott gestern Nacht wieder ausgerissen sei und morgens in der neuen Wohnanlage herumwanderte. Die Dame von der Grundstücksverwaltung habe ihn vor einer Stunde zurückgebracht; sie sei stinksauer gewesen und habe gemeint, Miss Pugh solle gefälligst besser auf ihre Ponys aufpassen.“

„Na, da hat sie ja nun nicht ganz Unrecht“, meint Ronnie.

„Ist mit Elliott alles in Ordnung?“, frage ich.

Die Kleine nickt. „Jaja, dem geht’s gut, aber Miss Pugh ist natürlich denkbar schlechter Laune. Also wenn ich du wäre, würde ich sie jetzt nicht behelligen.“

Wir bedanken uns für die Warnung, beschließen aber, dass es alles nichts hilft – wir müssen sobald wie möglich herausfinden, ob das mit unserem Pferd klappt.

Wir treffen Miss Pugh auf dem Feld an, wie das Mädchen vermutet hatte. Mit einer Hand versucht sie den beschädigten Zaun mit einer Schnur zusammenzubinden, in der anderen Hand hält sie eine Zigarette. Ihre Reparaturversuche sehen nicht sehr überzeugend aus.

„Können wir Ihnen vielleicht helfen?“, frage ich freundlich.

Sie zieht ein mürrisches Gesicht. „Ach, dem Ding hier ist nicht mehr zu helfen. Ich fürchte, ich muss jemanden damit beauftragen und teures Geld dafür bezahlen, wenn ich mir die alte Schreckschraube von der Grundstücksverwaltung vom Hals halten will.“

Ronnie schaut mich an, als wolle sie sagen ‚wir sollten später nochmal wiederkommen’, aber ich mache trotzdem einen Vorstoß und schildere Miss Pugh, was gestern passiert ist.

Als ich fertig bin, sagt sie: „Und ihr wollt es also bei mir unterstellen, bis sich sein Besitzer meldet?“

Ich nicke hoffnungsvoll.

Zu meiner Überraschung sagt sie daraufhin: „Nein. Kommt nicht infrage.“

„Aber warum denn nicht? Wir werden sein Futter und alles bezahlen und uns selbst um das Pferd kümmern. Sie vermieten doch Ställe … ich verstehe nicht …“

Miss Pugh schnippt ihren Zigarettenstummel ins Gras und drückt ihn mit dem Fuß aus.

„Weil es gestohlen sein könnte. Ich kann kein gestohlenes Pferd bei mir unterstellen.“

„Aber es ist nicht gestohlen! Es ist doch bei uns“, protestiere ich.

„Woher wollt ihr denn wissen, dass es sich nicht um ein gestohlenes Pferd handelt? Könnt ihr doch gar nicht. Ich sage euch, das würde nur Ärger bringen, und ich habe auch ohne euch schon weiß Gott genug Probleme am Hals. Außerdem habe ich keinen Platz.“

„Aber …“, sagt Ronnie, aber dann hält sie inne und merkt, dass es keinen Zweck hat. Wir gehen weg und ich sage: „Vielleicht überlegt sie sich's ja nochmal.“ Aber Ronnie ist davon nicht überzeugt.

„Und was sollen wir jetzt tun?“, frage ich. „Es gibt doch hier meilenweit keine andere Reitschule oder einen Mietstall.“

„Wir sitzen ganz schön in der Patsche.“

„Nein, tun wir nicht“, erwidere ich stur. „Uns ist bloß noch nicht das Richtige eingefallen. Das heißt nicht, dass wir es nicht noch woanders versuchen können.“

„Vielleicht hat Spike ja noch eine gute Idee“, meint Gina und versucht dabei zuversichtlich zu klingen.

Als wir zurückgehen, bemerken wir Mark, der in einer Ecke des Feldes mit Snowstorm trainiert. Ich drehe mich weg, aber Gina kann nicht umhin, zu ihm hinüberzustarren.

Ich erinnere mich an meinen Traum und wie ich auf Snowstorm geritten bin und frage mich, wie es wohl ist, diesen Dunkelbraunen zu reiten. In diesem Augenblick fasse ich den eisernen Entschluss, ihn irgendwo unterzubringen und zu behalten.

Dieses Geschenk des Himmels ist uns doch nicht über den Weg gelaufen, damit wir es gleich wieder verlieren! Nein, es ist ganz sicher für uns bestimmt. Es ist einfach Schicksal.

Kapitel 5

Inzwischen hat sich auch Spike zu uns gesellt und wir laufen in frostigem Schweigen die Straße entlang. Irgendwie ist mir seltsam zu Mute. Normalerweise würden wir den heutigen Tag in den Ställen verbringen, hart arbeiten wie immer und gemeinsam lachen und vielleicht einen kostenlosen Ritt ergattern. Und jetzt? Plötzlich stehen wir mit einem eigenen Pferd da (nur vorübergehend, ich weiß schon) und fühlen uns elend, obwohl wir eigentlich vor Freude aus dem Häuschen sein müssten.

„Wenn wir ihn nicht bei Miss Pugh unterbringen, wo dann?“, fragt Ronnie. „Hier gibt's wirklich meilenweit keine andere Möglichkeit. Die ganze Gegend ist zubetoniert, überall nur Häuser und Industriegelände.“

„Keine Farmen, keine anderen Ställe, keine Felder. Kein Wunder, dass es hier so wenig Pferdebesitzer gibt.“ Ich bin inzwischen richtig niedergeschlagen.

„Aber uns MUSS einfach irgendetwas einfallen! Wir dürfen nicht aufgeben“, meint Ronnie energisch. „Aber lasst uns erstmal alle zu Matty gehen. Vielleicht bringt uns ja das Pferd auf eine Idee.“

„Na, wenn Mum hört, dass Miss Pugh keinen Platz für den Braunen hat, dann können wir uns gleich von ihm verabschieden“, jammere ich. „In unserem Garten kann er jedenfalls nicht bleiben, also wird die Polizei ihn abholen müssen und jemanden suchen, der ihn aufnimmt – womöglich irgend so ein Pflegeheim für alte Pferde oder ein Tierasyl.“

„Aber was ist, wenn ihn niemand will? Muss er dann eingeschläfert werden?“ Ginas Frage trägt nicht gerade dazu bei, unsere Laune zu verbessern.

„Bestimmt nicht,“ meint Spike, aber sie klingt dabei nicht sehr überzeugend. „Das ist so wie mit einem entlaufenen Hund, weißt du.“

„Aber was passiert denn dann mit ihm?“, hakt Gina nach, worauf Spike ungeduldig entgegnet: „Also Gina, bitte!“, und wir beschließen alle, diesen Gedanken nicht weiter zu verfolgen.

Bevor wir das Gartentor aufstoßen, zischelt mir Spike plötzlich zu: „Erzähl deiner Mutter noch nichts davon, dass wir keinen Platz für das Pferd gefunden haben. Wir müssen Zeit schinden!“

„Ist gut, meine Eltern sind sowieso noch in der Arbeit." Dad arbeitet in der Stadt und Mum teilt sich mit einer Frau namens Angie eine Arbeitsstelle in der Rathausverwaltung, das heißt sie arbeitet pro Woche zwei volle Tage und dreimal halbtags. Heute ist sie den ganzen Tag dort. Aber als wir die Küche betreten, ist sie gerade dabei, die Waschmaschine zu beladen.

„Mum, du bist ja schon zu Hause!", sage ich und bemühe mich, dabei nicht allzu enttäuscht zu klingen. „Ja, Liebes. Angie möchte morgen Nachmittag frei haben und da habe ich meinen Dienst mit ihr getauscht." Als nächstes fragt sie natürlich sofort, ob wir mit Miss Pugh alles geregelt haben. Alle Augen sind auf mich geheftet und in meinem Kopf schwirrt es. Und dann höre ich mich sagen: „Sie war gar nicht da. Sie musste irgendwas besorgen. Wir gehen später nochmal hin, um sie zu fragen." Mum nickt.

Wir vier stoßen insgeheim einen Seufzer der Erleichterung aus. Ich hole ein paar Coladosen aus dem Kühlschrank und wir gehen in den Garten, wo Gina sich vor Begeisterung über das Pferd gar nicht mehr beruhigen kann.

„Ach, es ist einfach hinreißend!" Das Pferd beäugt sie neugierig, aber ansonsten scheint es die große Aufmerksamkeit, die ihm zuteil wird, nicht sonderlich zu beeindrucken.

„Na, der Jüngste ist er nicht mehr", meint Spike und mustert den Braunen aufmerksam. „Aber er ist wirklich ein sehr Hübscher."

„Ich finde, wir sollten ihn Phantom nennen", seufzt Gina.

„Oh, wie originell!“, meint Spike ironisch. „Bloß, weil wir ihn auf einem Friedhof gefunden haben?“

„Meint ihr nicht, dass es noch ein bisschen zu früh ist, ihm einen Namen zu geben?“, wirft Ronnie ein. Manchmal wünschte ich, sie wäre nicht so eine Spielverderberin.

„Aber wie kann es jemand nicht merken, wenn ihm ein Pferd wie dieses abhanden kommt?“, wundert sich Gina.

„Aus dieser Gegend kann es jedenfalls niemand sein, hier haben die Leute doch mit Pferden nichts am Hut“, fügt Spike hinzu.

„Vielleicht kommt es ja von ganz weit her.“

„Sieh es dir doch mal genau an, Gina – sieht so ein Pferd aus, dass tagelang unterwegs war?“, erwidert Spike.

„Vielleicht wurde es ja doch gestohlen“, meint Ronnie.

Jetzt habe ich genug von diesen Spekulationen. „Hört zu, wir müssen das Unterbringungsproblem lösen“, sage ich. „Und zwar möglichst schnell. Irgendwelche Vorschläge?“

Eine halbe Stunde später haben wir natürlich immer noch keine vernünftige Idee und fangen bereits an, uns gegenseitig auf die Nerven zu gehen. Ich bin deshalb ziemlich erleichtert, als Spike plötzlich sagt: „Ich muss jetzt wirklich zurück zu den Ställen. Ich habe versprochen, nach dem Mittagessen ein Pferd zu bewegen und will vorher noch meine Sandwiches essen und mich fertig machen. Tut mir Leid, aber ich muss los!“

„Okay, dann sehen wir uns später, ja?“, sage ich. Spike nickt und trollt sich.

Mum kommt aus der Küche und fragt, ob wir alle zum Mittagessen bleiben wollen. „Es gibt nur Salat und etwas Quiche, aber es ist für alle genügend da."

„Ja, sehr gerne, Mrs. Matthews, vielen Dank", sagt Gina. Sie mag meine Eltern sehr und sagt immer, dass sie viel unkomplizierter sind als ihre Mutter (na, das dürfte ja wohl auf die meisten Leute zutreffen).

Plötzlich guckt Ronnie ganz erschrocken. „Ach du meine Güte! Wie spät ist es eigentlich?"

„Fast ein Uhr", antworte ich.

„Oh nein! Ich habe Mum versprochen, heute auf die Kleinen aufzupassen, damit sie Dad zum Mittagessen treffen kann. Heute ist nämlich ihr Hochzeitstag."

„Na, dann mach dich mal auf die Socken", sagen wir und Ronnie spurtet los.

Gina scheint es zu genießen, mit mir und Mum zu essen (nachdem sie natürlich erst ihre Mutter telefonisch um Erlaubnis gebeten hat), aber ich muss ständig darüber nachgrübeln, wo wir das Pferd unterbringen können. Irgendwie war es mir nie in den Sinn gekommen, dass Miss Pugh ablehnen könnte. Vielleicht hat Ronnie ja Recht und ich sollte später zurückgehen und sie nochmal fragen. Vielleicht hat sie ja inzwischen ihre Meinung geändert.

Nach einem Stück von Mums leckerem selbst gemachten Kuchen beschließen Gina und ich, mit dem Pferd etwas spazieren zu gehen. Das Strickhalfter scheint recht gut zu halten, und wir stehen rechts und links von seinem Kopf, falls es Schwierigkeiten geben sollte. Das Pferd hat einen sehr geschmeidigen Gang, obwohl Gina auffällt, dass es beim Traben hinten ganz leicht hinkt. Aber es hält den Kopf stolz erhoben, schaut sich neugierig nach allen Seiten um, zuckt aufmerksam mit den Ohren und schnuppert in die Luft. Als wir an einer Gruppe Schulmädchen vorbei kommen, werden wir neidisch angestarrt, und ich fühle einen unbändigen Stolz. So fühlt man sich, wenn man ein eigenes Pferd hat, denke ich bei mir. Es ist ein tolles Gefühl und ich will es nie mehr missen. Ich schaue rüber zu Gina und wir lächeln uns an und kosten diesen Moment voll aus.

An dem Umgrenzungszaun der Wohnanlage schaue ich nachdenklich auf eine Reihe von Mietgaragen und frage mich, ob man wohl eine davon zu einem Stall umfunktionieren könnte. „Ich wünschte, es gäbe in der Gegend noch eine andere Reitschule", sagt Gina. „Miss Pugh hat hier echt einen Monopolmarkt, deshalb hat sie auch Null Anreiz, etwas zu verbessern."

„Du hörst dich ja fast schon so an wie Ronnie", sage ich und grinse, weil mich diese Ausdrücke an Ronnies Vorliebe für den Geschäftsjargon erinnern. „Aber du hast sicher Recht. Wenn es noch eine andere Reitschule gäbe, dann könnten wir das Pferd dort unterbringen und ordentliche Reitstunden nehmen."

Als wir nach Hause zurückkommen, ist es schon später, als ich gedacht habe."

„Ich sollte mich wohl besser auf den Weg machen", meint Gina unruhig. „Sonst denkt Mum noch, ich komme überhaupt nicht mehr nach Hause."

Mum jätet gerade den Steingarten. „Na, hattet ihr einen netten Spaziergang, Liebes?“, fragt sie.

Ich nicke und warte schon auf ihre nächste Frage.

„Nun, dann habt ihr euch sicher mit Miss Pugh geeinigt, wegen dem Pferd?“, meint sie.

„Sie war immer noch nicht da“, schwindle ich und versuche Zeit zu gewinnen. Aber ich frage mich auch, was das bringen soll – früher oder später werden Mum und Dad ja sowieso herausfinden, was los ist. Wir können das Pferd nicht noch eine Nacht in unserem Garten lassen. Ronnies Garten ist nicht viel größer als unser, und Ginas Mutter würde allein schon bei dem Gedanken, ein Pferd in ihrem Garten aufzunehmen, in Ohnmacht fallen. Und Spikes Eltern sind allergisch gegen Gras (deswegen haben sie ihren Garten im japanischen Stil angelegt, mit sorgfältig gerechten Kieselbeeten und einem kleinen Teich mit einer Holzbrücke). Ich bin schon drauf und dran, Mum die Wahrheit zu sagen, als Spike durch das Gartentor gestürzt kommt. Ihr Gesicht ist gerötet und ihre Stimme klingt ganz aufgeregt.

„Es ist alles geregelt“, sprudelt sie hervor. „Das Pferd ist eingemietet.“

„Ach, dann hast du Miss Pugh doch angetroffen? Als die beiden drüben waren, war sie noch weg“, sagte Mum verwirrt.

„Ähm …“. Aber dann erfasst Spike die Situation sofort und fügt hinzu: „Nun, sie ist gerade vorhin erst zurückgekommen und es ist alles arrangiert.“

„Gott sei Dank!“, stöhnt Gina, aber ich bin natürlich ziemlich verblüfft. Ich muss unbedingt mit Spike reden und schlage deshalb vor, dass wir alle drei in mein Zimmer hoch gehen. Sobald ich die Tür geschlossen habe, fragt Gina: „Mensch, wie hast du Miss Pugh dazu gebracht, ihre Meinung zu ändern?“

Spike grinst. „Hab ich ja gar nicht“, meint sie.

„Also erzähl schon, Spike, was ist los?“

„Der Dunkelbraune wird nicht bei Miss Pugh bleiben“, räumt sie ein.

Ich beginne zu stöhnen. „Also müssen wir wieder ganz von vorne anfangen. Klasse – der perfekte Abschluss eines perfekten Tages.“

„Sieh doch nicht immer alles so schwarz“, sagt Spike. „Ich sagte, dass ich die Sache geritzt habe und das habe ich auch.“

„Also, wo werden wir unser Pferd unterbringen?“, will ich wissen.

Spike lächelt geheimnisvoll. „An einem Ort, den sich kein Mensch jemals hätte träumen lassen.“

Kapitel 6

Na, zumindest unser Pferd scheint sich in seinem neuen Zuhause einigermaßen wohl zu fühlen, was man von mir und Gina nicht gerade sagen kann. Aber Spike und Ronnie halten es immer noch für eine tolle Idee.

Es ist früh am Abend und wir sind gerade am Alten Fort angekommen.

„Ich hab' mich daran erinnert, dass ich es gestern, als wir ausgeritten sind, aus der Ferne gesehen habe", hatte uns Spike unterwegs erklärt „Vorher war es mir nie aufgefallen! Hier kommt kein Mensch hin, es wird unser Geheimnis sein. Es wurde früher einmal als Unterstand für Soldatenpferde benutzt, deshalb gibt es dort sogar richtige Ställe!"

„Kannst du uns vielleicht auch noch verraten, warum hier niemals jemand herkommen soll?“, hatte Gina unschuldig gefragt.

Spike hatte laut aufgelacht. „Weil ein paar Angsthasen meinen, dass es dort spukt.“

Die Einzige, die daraufhin anfing zu kichern, war Ronnie.

Jetzt, da wir das Alte Fort von ganz nahe sehen, muss ich zugeben, dass es schon ein bisschen überwältigend wirkt. Es ist ein riesiges Gebäude aus grauen Backsteinen. An einigen Stellen sind die Mauern noch völlig in Ordnung, an anderen schon fast verfallen. Dann gibt es noch einen richtigen großen Hof, halbkreisförmig eingerahmt von zehn großen Torbögen, hinter denen sich jeweils drei Boxen befinden. Aus den Mauerritzen wuchern überall Pflanzen und Unkraut aller Art und das Haupttor ist fast völlig zugewachsen. Irgendwie hat die ganze Szenerie etwas Erhabenes und gleichzeitig etwas Melancholisches. Einen Moment lang male ich mir aus, wie hier früher einmal adrett uniformierte Soldaten herumliefen und die Pferde ihre Köpfe über die Halbtüren nach draußen streckten. Damals ging es in dem Fort bestimmt ziemlich betriebsam zu.

Plötzlich hebt unser Pferd den Kopf und beginnt zu wiehern – fast so, als ob es die Pferde begrüßt, die es hier einmal gegeben hat. Fast ein wenig unheimlich.

„Kommt, richten wir ihm eine Box her“, meint Ronnie in gebieterischem Ton.

Spike hat sich aus Miss Pughs Ställen einen Sack weicher Holzspäne „ausgeliehen“ und eine Hand voll Pellets. Sie sucht einen Stall aus, der noch erstaunlich gut erhalten ist, wenn man bedenkt, wie lange das Ganze hier schon verlassen und verfallen ist. Wir rupfen alle Pflanzen aus, von denen wir wissen, dass sie giftig sind, und räumen den Schutt weg.

Als wir endlich fertig sind, wird es bereits dunkel.

„Was für ein Gespenst soll denn eigentlich hier herumgeistern?“, will Gina wissen und versucht dabei ganz ungerührt zu klingen.

„Ein Reiter mit abgeschlagenem Kopf“, erwidert Ronnie mürrisch.

Gina wird blass.

„Ach was, sie nimmt dich doch nur auf den Arm!“, versucht Spike sie zu beruhigen. „In Wirklichkeit war es ein Pferd. Lustigerweise ein Brauner wie der, der uns zugelaufen ist.“ Ihre Stimme klingt nun sehr geheimnisvoll. „Das Pferd, das wir auf dem Friedhof gefunden haben. Als die Kirchturmuhr gerade Mitternacht schlug.“

Wir schweigen.

„Hör auf damit, Spike“, sagt Gina

„Doch, das stimmt wirklich“, beharrt Spike. „Das Pferd gehörte einem gewissen Major Wilkins, der als wahnsinnig galt. Es konnte über jedes Hindernis springen – über Mauern mit Glasscherben obendrauf, über geschlossene Bahnschranken und sogar durch Feuerreifen. Ich habe mich erkundigt.“

„Und was passierte dann?“

Spike senkt die Stimme. „Das weiß niemand so genau. Eines Nachts, es war schon stockdunkel, da war der Major zu Pferde unterwegs und geriet in ein furchtbares Gewitter. Der Wind heulte, der Regen prasselte herunter, und es gab nicht das kleinste bisschen Mondlicht, als er das sichere Fort verließ. Manche behaupten, er war betrunken; jedenfalls tat sein Pferd einen Sprung zu viel – und Mann und Reiter stürzten über den Rand eines Steinbruchs in die Tiefe. Andere sagen, er wäre vom Blitz getroffen worden. Ein alter Soldat, der gerade auf dem Heimweg vom Pub war, hat später berichtet, er habe die beiden noch auf der Landstraße gesehen und das Pferd habe seinen Reiter abgeworfen und zu Tode getrampelt. Angeblich sollen seine grauenvollen Todesschreie weithin durch die Nacht gegellt haben … Und dann senkten sich merkwürdige gespensterhafte Nebelschwaden herab, die überirdisch leuchteten und den Major und sein Pferd umfingen. Und plötzlich waren Mann und Pferd wie vom Erdboden verschwunden und keiner hat sie jemals mehr gesehen."

Spike macht eine Pause, um ihrer Geschichte eine besondere Dramatik zu verleihen, und ich wünschte, ich würde mir den eisigen Schauer, der mir den Rücken hinunterläuft, nur einbilden.

Gina ist sich nicht sicher, ob sie ihr glauben soll oder nicht; ich jedenfalls muss zugeben, dass ich so meine Zweifel habe. Aber trotzdem ist es eine spannende, ja, direkt gruselige Geschichte.

„Es ist spät", meint Ronnie. „Wir sollten sehen, dass wir heimkommen."

Ich nicke. Meine Mum und Ronnies Mutter haben heute ihren Aerobic-Kurs und Dad trifft sich mit einem Bekannten auf ein Glas Bier; ich habe ihnen fest versprochen, dass ich nicht zu spät nach Hause komme.

„Okay“, nickt Spike. „Aber bevor wir aufbrechen, sollten wir unserem Pferd noch einen Namen geben, meint ihr nicht auch? Und ich habe sogar schon den perfekten Namen für unseren Braunen!“

„Na, du platzt ja heute geradezu vor guten Ideen“, bemerkt Ronnie. „Aber nur zu. Sag uns den Namen.“

Spike grinst und sagt: „Moonlight. Wir haben ihn bei Vollmond gefunden und er hat ein mondförmiges Zeichen auf der Stirn. Es passt alles zusammen.“

Ronnie und ich pflichten ihr bei, dass das wirklich ein guter Name ist.

Als wir vom Fort in Richtung Stadt zurücklaufen, schaue ich nochmal über die Schulter zurück. Über den Gebäuden senkt sich die Dämmerung herab und einige Mauern liegen schon in düsteren Schatten. Wirklich unheimlich. Es gibt ja Leute, die an übernatürliche Dinge glauben – ich natürlich nicht – und behaupten, dass Tiere einen untrüglichen Instinkt für das Böse besitzen. Da sich Moonlight in seinem neuen Zuhause aber recht wohl zu fühlen scheint, besteht eigentlich kein Grund zur Sorge.

„Reden wir doch zur Abwechslung mal von etwas Nettem“, schlage ich vor. „Zum Beispiel vom Country Springturnier. Hat eigentlich jemand von uns vor, dafür zu trainieren“?

„Ich würde ja gerne“, sagt Ronnie. „Es hängt aber davon ab, ob Miss Pugh mir Everest ausleiht. Mit dem würde ich gerne den Springwettbewerb machen.“

„Ich wette, Mark würde da jeden schlagen. Snowstorm ist das geborene Springpferd!“, erwidert Gina.

„Also ich werde mich mit Soames anmelden. Er ist das einzige von ihren Pferden, das einigermaßen anständig springen kann. Und was ist mit dir, Matty?“, fragt Spike.

Der Gedanke, dass Mark mit Snowstorm das Springturnier reitet, behagt mir überhaupt nicht, aber ich zwinge mich zu einem Lächeln und sage „Ich brauche mir kein Pferd zu leihen – jetzt, wo wir unser eigenes haben.“

„Ach, komm, Matty, du hast doch nicht etwa ernsthafte Pläne mit Moonlight? Er gehört uns doch gar nicht.“

Ich weiß, dass sie Recht hat, aber ich kann die Hoffnung einfach nicht aufgeben.

Die nächsten Tage sind wie der Himmel auf Erden. Wir verbringen unsere Zeit teils in den Ställen von Miss Pugh und teils im Alten Fort. Niemand hat bis jetzt Anspruch auf Moonlight erhoben, und ich beschließe, dass ich den Versuch wage, ihn zu reiten.

„Sei bloß vorsichtig“, warnt Gina, während sie mir hilft, ihm das Zaumzeug anzulegen, das Spike sich aus der Sattelkammer von Miss Pugh ausgeliehen hat (also echt, Spike ist Weltmeisterin im Ausleihen). Wir rücken den Nasenriemen gerade, ziehen den Halsriemen straff und verknoten die gerissenen Zügelenden. Dann führt Ronnie Moonlight auf den Hof und hält ihn fest, während ich aufsitze.

„Keine Angst, ich bin sicher, er macht keine Probleme“, versuche ich die anderen zu beruhigen. „Er ist wirklich ganz sanft und freundlich. Ich glaube, er muss viel Umgang mit Menschen gehabt haben.“

Und dann sitze ich rittlings auf Moonlights blankem Rücken und bin überhaupt nicht nervös. Ich habe volles Vertrauen zu ihm – und zu Recht, wie sich bald herausstellt. Er geht los, als ich ihn leicht in die Seite stupse und als wir einmal im Schritt und einmal im Trab eine Runde um den Hof gemacht haben, lässt Ronnie ihn los. Als sie merkt, dass Moonlight keine Schwierigkeiten zu machen scheint, öffnet sie uns das Haupttor, das auf die Wiese hinaus führt, und gefolgt von Spike und Gina wage ich einen kurzen Galopp. Ich reite zwar nicht besonders gern ohne Sattel, aber am liebsten ohne Steigbügel, weil man dann meiner Meinung nach seitlich einen besseren Kontakt zum Pferdekörper hat. Moonlight hat einen angenehmen, federnden Galoppschritt, und bald rufen alle durcheinander: „Ich will als Nächste!“, „Nein, erst ich!“ – wie kleine quengelnde Kinder. Nach einer Weile lasse ich mich erweichen und überlasse ihnen Moonlight.

Nachdem jede kurz auf ihm geritten ist, finden wir, dass wir ihn heute genug strapaziert haben – obwohl er eigentlich noch ganz munter wirkt.

Wir setzen uns also auf die Wiese und lassen Moonlight grasen, während wir unsere belegten Brote futtern. Irgendwann steht Gina auf und meint, sie muss jetzt nach Hause, weil ihre Mutter heute Nachmittag mit ihr einkaufen gehen will. Spike will sie begleiten, da sie einen Zahnarzttermin hat und nicht zu spät kommen will. Und so bleiben Ronnie und ich noch eine Weile da, genießen die Sonne und hören etwas Radio. Das Leben ist einfach herrlich!

Wir müssen dann wohl irgendwann eingedöst sein, denn als nächstes erinnere ich mich daran, wie mich Ronnie heftig schüttelt und ganz aufgeregt ruft: „Es ist fast halb Acht und ich soll doch daheim auf die schrecklichen Zwillinge aufpassen, damit Mum und Dad heute Abend ausgehen können!"

Ich rapple mich auf und greife nach meinem Rucksack. Und dann bemerke ich, dass Moonlight nicht mehr da ist!

„Na, er kann ja nicht weit sein", meint Ronnie.

„Nein, eigentlich kann er nicht weit sein", wiederhole ich, aber meine Stimmung sinkt auf den Nullpunkt.

„Die Wiese ist doch eingezäunt. Er muss hier irgendwo sein!"

Wir schauen überall nach und pfeifen und rufen nach ihm, aber keine Spur von Moonlight.

„Na toll, das hat mir jetzt gerade noch gefehlt!", ruft Ronnie generyt.

„Was meinst du damit – was hat dir gerade noch gefehlt?", frage ich ungehalten.

„Na, eigentlich müsste ich jetzt schon längst zu Hause sein. Meine Eltern werden ganz schön sauer sein. Sie waren schon am Sonntagabend ziemlich wütend und seitdem versuche ich, eine perfekte Tochter zu sein. Na, bis jetzt ist mir das nicht besonders blendend gelungen, was?"

„Schau, warum gehst du nicht einfach nach Hause, und ich suche allein nach Moonlight weiter?“, schlage ich vor – allerdings in der Hoffnung, dass sie nicht darauf eingeht. Immerhin ist sie meine beste Freundin, und Freundinnen lassen sich doch nicht im Stich, oder?

Aber Ronnie seufzt erleichtert auf. „Echt? Oh, du bist ein Schatz, Matty! Danke. Ich bin sicher, er taucht bald wieder auf. Er kann nicht weit sein!“, und während sie das noch sagt, rennt sie schon los. „Und später wollte ja auch Spike zurückkommen, also wirst du nicht lange allein sein.“ Kurz darauf ist sie verschwunden und lässt mich mutterseelenallein zurück. Zu sagen, ich sei wütend, wäre eine starke Untertreibung.

Die nächste halbe Stunde verbringe ich damit, die Wiese abzulaufen. Sie ist ziemlich groß, und ich entdecke, dass der Holzzaun an einer Stelle verrottet ist. Durch die dadurch entstandene Öffnung kann sich durchaus ein Pferd hindurchzwängen. Wir hätten das Gelände wohl gründlicher kontrollieren sollen.

Hinter der Wiese liegt unbebautes Land, das einige Leute als Müllhalde benutzen. Sie haben hier allen möglichen Abfall hingekippt, von abgemähtem Gras bis zu kaputten Kühlschränken und alten Teppichen. Dahinter liegen zwei ziemlich heruntergekommene Wohnsiedlungen, an denen eine viel befahrene Straße entlangführt. Auf der anderen Seite des Forts sind stillgelegte Eisenbahnschienen und kilometerweit Ödland, das von Senken und Abzugskanälen durchzogen ist. Dorthin führt eine unbefestigte, heckenumsäumte Straße. Also, soweit ich das überblicken kann, hätte unser Pferd zahllose Möglichkeiten, sich in dieser Gegend irgendwo zu verstecken.

Ich gehe weiter, weil ich Moonlight unbedingt finden will, bevor es dunkel wird. Außerdem habe ich keine Lust, nachts alleine im Fort herumzuirren. Als ich die Eisenbahnschienen entlang in Richtung des großen, brach liegenden Geländes laufe, habe ich plötzlich das sonderbare Gefühl, dass mich jemand beobachtet. Ich spüre so ein Kribbeln im Nacken und mir wird ziemlich unbehaglich. Wer außer meinen Freundinnen könnte wissen, dass ich hier bin? Meine Eltern haben keine Ahnung. Die denken ja, Moonlight ist bei Mrs. Pugh untergebracht. Sollte mir also irgendwas passieren … Es wird immer dämmriger und ich bilde mir ein, dass ich Schritte höre. Aber es hört sich so an, als kämen sie nicht von einem Menschen, sondern von Pferdehufen. Irgendetwas oder irgendjemand folgt mir jedenfalls! Ich wünschte, Spike hätte uns nie die Geschichte von dem wahnsinnigen Major erzählt. Die Huftritte scheinen immer näher zu kommen, und ich fange an zu rennen. Aber wohin? Ich laufe wie gehetzt in Richtung des Alten Forts, immer schneller und schneller, inzwischen fest überzeugt, dass ich nicht allein bin. Wo Spike nur so lange bleibt? Sie müsste doch schon längst hier sein. Ich komme keuchend am Fort an und mir schwirren die verrücktesten Gedanken durch den Kopf. Vielleicht ist Moonlight ja in Wirklichkeit ein Gespensterpferd? Immerhin hat sich noch niemand seinetwegen gemeldet. Und jetzt hat er sich anscheinend in Luft aufgelöst – genauso, wie er aus dem Nichts aufgetaucht war, und das ausgerechnet auf einem Friedhof! Es ist wirklich alles höchst gruselig. Als ich ganz außer Atem am Hoftor ankomme, stelle ich fest, dass es zugesperrt ist. Ich erinnere mich, dass Spike das Schloss repariert hat, und anscheinend lässt es sich jetzt nur noch schwer öffnen. Ich habe keine Zeit, ewig daran herumzufummeln und klettere deshalb einfach über das Gatter. Als ich quer über den Hof renne, höre ich plötzlich ein Pferd wiehern – und zwar ganz nahe, vielleicht einen halben Meter von mir entfernt! Mein Herz setzt einen Augenblick lang aus und dann sehe ich Moonlight in seiner Box stehen und seelenruhig an einem Büschel Heu knabbern.

„Moonlight?!" Ich bin völlig verblüfft, aber bevor ich ihm eine Standpauke halten kann, spüre ich, wie sich von hinten plötzlich eine Hand auf meine Schulter legt. Ich mache vor Schreck einen Satz in die Luft und kreische laut auf.

„Na, reiß dich mal zusammen, Matty." Die Stimme klingt vertraut, und ich fahre herum und starre in Spikes Gesicht.

„Du blöde Kuh!", schreie ich. „Du hast mir eine Todesangst eingejagt!"

Als Spike sieht, dass ich wirklich einen Schreck bekommen habe, zieht sie ein besorgtes Gesicht.

„Hey, ich wollte dich nicht erschrecken. Tut mir Leid, dass sich so spät bin. Musste meinem Vater beim Autoreparieren helfen. Mein Gott, Matty, du bist ja kreidebleich!"

„Das wärst du auch, wenn du vom wahnsinnigen Major verfolgt worden wärst!"

„Was faselst du da?“

„Na gut, vielleicht war es ja doch kein Gespenst. Aber irgendwas oder irgendwer ist da draußen gewesen.“

„Beruhige dich, Matty. Ich bin gerade den Weg entlang gekommen und habe keine Menschenseele gesehen.“

„Du meinst, du bist gerade erst angekommen? Also hast du Moonlight gar nicht gefunden?“

„Ich wusste ja nicht mal, dass er weg war. Als ich hier ankam, stand er in seinem Stall.“

Ich bin so erleichtert, dass ich kurz auflachen muss. Also ist Moonlight die ganze Zeit über in seiner Box gewesen! Wie blöd von mir, da nicht nachzusehen, aber es war mir einfach nicht in den Sinn gekommen, dass er von selbst in seinen Stall zurückgewandert sein könnte. „Dann war er die ganze Zeit hier“, sage ich fassungslos. Als Spike mich daraufhin verständnislos ansieht, erzähle ich ihr, wie Moonlight auf einmal weg war, und von dem Loch im Gatter. Sie sagt, dass sie es morgen gleich reparieren wird. Aber dann fällt mir plötzlich noch etwas ein.

„Das Hoftor. War es geschlossen, als du ankamst?“, frage ich Spike.

Sie nickt.

„Und du sagst, Moonlight stand in seiner Box.“

„Genau. Anscheinend habt ihr die Stalltür offen gelassen.“

„Stimmt. Wir haben die Box ausgemistet und ich wollte noch ein paar Späne auf den Boden tun.“

„Na … und?“

„Bist du sicher, dass das Tor zu war?"

„Ja doch!" Spike wird allmählich ungeduldig. „Hab ich doch schon gesagt, oder? Glaubst du mir vielleicht nicht?"

„Doch, schon. Was glaubst du, wie hoch ist das Tor – 1,80 Meter? Oder mehr?"

„Mindestens 1,80 m", bestätigt Spike.

„Und dieses Tor ist der einzige Zugang zum Hof und zu den Ställen, stimmt's?"

Spike nickt. „Worauf willst du hinaus?"

„Hältst du es für wahrscheinlich, dass Moonlight das Tor selbst öffnen und hinter sich zusperren kann?"

Spike kichert. „Na, das ist ziemlich unwahrscheinlich, würde ich sagen."

„In diesem Fall muss unser Pferd ein begnadeter Springer sein! Vielleicht ist er ja das wieder auferstandene Pferd des wahnsinnigen Majors!"

Kapitel 7

Am nächsten Tag stelle ich Moonlight auf die Probe. Ich beschließe zwar, ihn nicht über das 1,80 m hohe Tor springen zu lassen (obwohl Spike das offenbar gerne ausprobiert hätte), sondern galoppiere mit ihm auf ein paar Baumstämme auf dem Brachland zu. Er stellt die Ohren auf und springt mit sichtlicher Begeisterung ein paar Mal drüber wie nichts. Ich bin sehr stolz auf ihn und widerspreche Gina, als sie meint, dass vielleicht letzte Nacht irgendjemand das Tor geöffnet hatte. Die Vorstellung, dass im Fort ein Unbekannter herumlungert, wäre ziemlich beunruhigend.

Ich reite zu den anderen zurück, die uns zugeschaut haben und teile ihnen mit einem Anflug von Selbstzufriedenheit mit: „Na, wie ich gesagt habe, er kann gut springen!“

„Er hat sogar einen sehr guten Sprungstil. Ich werde ihn für den Wettbewerb anmelden und Mark und Snowstorm beim Springturnier schlagen!“

Die anderen meinen, dass ich mir damit nur Ärger einhandeln könnte und mir womöglich eine Enttäuschung bevorsteht, wenn sich Moonlights Besitzer doch noch melden sollte. Aber ich fang trotzdem an, ernsthaft zu trainieren.

Spike hilft mir, aus alten Öltonnen, Reifen und Holzplanken, die wir von der Müllhalde geholt haben, verschiedene Hindernisse aufzustellen. Ronnie schneidet ein paar Zweige von der Weghecke und bindet sie zu einem behelfsmäßigen Hindernis zusammen und Gina entdeckt einen alten Trog, den wir mit Wasser füllen und der uns als Wasserloch dient. Sieht zwar nicht sehr beeindruckend aus, aber besser als gar nichts. Moonlight scheint dieser armselige Parcours nicht im Geringsten zu stören, und als er mehrmals fehlerfrei und mit viel Elan über sämtliche Hindernisse springt, sind wir uns alle einig, dass er Zoll für Zoll ein Champion ist.

„Er springt so sicher, als hätte er doppelt so lange Beine!“, meint Gina voller Bewunderung.

„Ja, er ist ein echtes Naturtalent“, fügt Ronnie hinzu.

„Vielleicht ist er ja doch die Reinkarnation von dem Pferd des wahnsinnigen Majors“, lacht Spike, und ich lache auch, obwohl ich mich bei dieser witzigen Bemerkung etwas unbehaglich fühle.

Ich verbringe jetzt die ganze Zeit im Alten Fort mit Moonlight (obwohl ich darauf achte, dass ich nach Einbruch der Dunkelheit niemals alleine dort bin). Die anderen versuchen ihre Zeit zwischen dem Fort und der Reitschule aufzuteilen, aber da das Springturnier schon in einer Woche stattfindet, müssen Spike und vor allem Ronnie noch viel trainieren, was nur in der Reitschule geht. Spike zahlt Miss Pugh etwas dafür, dass sie Soames bei dem Turnier reiten darf, und Ronnies Eltern bezahlen für Everest (seine Leihgebühr war höher als üblich, da viele Reitschüler ihn gerne geritten wären und Miss Pugh ihn an den „Meistbietenden“ vergab, was ich für höchst unmoralisch hielt). Die arme Gina darf an keinem der Wettbewerbe teilnehmen – ihre Mutter hat deswegen so viel Theater gemacht, dass sie sie nicht weiter aufregen wollte. Aber sie wird uns stattdessen anfeuern. Ich bin ein bisschen sauer, weil mich laut Ronnie in der Reitschule anscheinend niemand besonders vermisst.

„Hast du Snowstorm letztes mal gesehen?“, frage ich.

„Wer weiß …“ erwidert Spike geheimnisvoll.

„Ja, haben wir, und sie ist wunderbar und springt echt gut,“ sagt Ronnie.

„Und Mark reitet hervorragend“, fügt Gina hinzu.

„Ja, schon, aber findet ihr nicht, dass sein Reitstil irgendwie ein bisschen … na ja, halt ohne viel Gefühl ist?“, frage ich, während ich aus dem Sattel steige und Moonlight zum Abreiben in seine Box führe.

„Was hast du denn nur immer mit Mark?“, fragt Spike – auf eine Art und Weise, die mich ärgerlich macht.

„Ich weiß nicht, was du meinst, Spike. Ich interessiere mich nicht die Bohne für Mark. Wie kommst du überhaupt darauf?"

„Na, da hab ich wohl deinen wunden Punkt getroffen, was?", kichert Spike und duckt sich rechtzeitig, bevor ich ihr einen Knuff versetzen kann. Ich merke, dass ich rot geworden bin, was mich maßlos ärgert.

Später nimmt mich Ronnie beiseite und sagt: „Du solltest nicht so auf Spike losgehen. Ich weiß ja, dass sie einem manchmal etwas auf den Geist gehen kann, aber immerhin zahlt sie den Löwenanteil an Moonlights Unterhalt."

Das stimmt. Da wir alle kläglich versagt haben und keine Teilzeitjobs gefunden haben, zahlt jeder von uns einen Teil seines Taschengeldes ein, damit wir Futter für Moonlight kaufen können und dabei zahlt Spike mehr als wir anderen. Das liegt zwar auch daran, dass sie von ihren Eltern mehr Geld bekommt (das sie sich allerdings, wie sie zu Recht betont, erarbeiten muss), aber der Fairness halber muss ich auch sagen, dass sie sich nie darüber beklagt, dass sie am meisten zu den Kosten beiträgt, obwohl ich das Pferd eigentlich von allen am häufigsten reite. Ich glaube, ich sollte mich bei ihr entschuldigen.

„Wie dem auch sei", fährt Ronnie fort, „wenn du Moonlight wirklich beim Springwettbewerb reiten willst, müssen wir für dich einen Sattel auftreiben. Ich glaube nicht, dass man ohne Sattel antreten darf."

„Da hast du Recht", sage ich. „Ob eines von Miss Pughs Pferden vielleicht die gleiche Größe wie Moonlight hat? Dann könnte ich mir einen von ihr ausleihen."

„Na, ideal ist das nicht. Und die meisten Pferde sind ja sowieso für die Show angemeldet."

Ich denke darüber nach. „Aber wir können uns doch unmöglich einen neuen Sattel leisten!"

„Stimmt. Ich fürchte, wir haben da unter Umständen ein Problem …" erwidert Ronnie und runzelt nachdenklich die Stirn.

Wir sitzen auf der Wiese beim Alten Fort und futtern „Fisch und Chips" zum Mittagessen. Spike hat vor ein paar Tagen in der Wohnsiedlung einen neuen Imbissladen entdeckt, den wir unbedingt einmal ausprobieren wollten. Das Zeug ist ein bisschen fettig, aber wir sind hungrig und außerdem ist es mal etwas anderes als unsere üblichen belegten Brote. Wir trinken Cola dazu (bis auf Gina, die auf Mineralwasser schwört und uns immer warnende Vorträge über künstliche Zusatzstoffe hält) und plaudern und scherzen in einem fort. Es ist wirklich klasse, wenn man so gute Freundinnen hat! Später gehen die anderen wieder zurück zur Reitschule, lassen mir aber das Kofferradio zurück, damit ich ein bisschen Musik hören kann. Eine Weile sitze ich einfach nur so im Gras, starre vor mich hin und male mir aus, wie ich aus dem Springturnier als strahlende Siegerin hervorgehe und stelle mir den überraschten Gesichtsausdruck auf Marks Gesicht vor, wenn ich ihn schlage. Aber dann merke ich, dass die Zeit verrinnt und dass ich ja noch den Hof sauber fegen muss, bevor ich mit Moonlight ausreite.

Es ist wieder ein warmer, sonniger Tag. Ich wickle das Radio in eine Bluse und verstecke es im Stall (nur für den

Fall, dass wir einen ungebetenen Besucher bekommen), dann schwinge ich mich in Leggings und T-Shirt auf Moonlights Rücken.

Obwohl die Umgebung (das Brachland und die Abfallhalde) nicht gerade anheimelnd ist, macht es mir Spaß, einfach so vor mich hin zu reiten und ein wenig in den Tag hinein zu träumen. Als ich gerade darüber nachdenke, was für ein braves Pferd ich da habe, bleibt Moonlight abrupt stehen. Seine Muskeln sind angespannt, seine Ohren gespitzt und er gibt ein Wiehern von sich. Zu meiner Überraschung ertönt aus der Ferne ebenfalls ein leises Wiehern, danach scheint jemand zaghaft „Hallo?" zu rufen. Ob da jemand in Schwierigkeiten ist? Ich habe in dieser Gegend noch nie Reiter gesehen und Spike würde nie andere Reitschüler in die Nähe des Forts bringen, damit bloß niemand Moonlight sieht. Wir wollen das Ganze lieber geheim halten, und besonders mir persönlich wäre es sehr unangenehm, wenn meine Eltern erfahren würden, dass Moonlight in Wirklichkeit gar nicht bei Miss Pugh ist. Die Vorstellung, dass wir uns in dieser gottverlassenen Gegend aufhalten, wäre ihnen sicherlich nicht recht.

„Na komm, Moonlight, schauen wir mal nach, wer da ist!", sage ich und fühle mich dabei wie die Heldin in einem Abenteuerroman.

Moonlight beginnt loszutraben und nach wenigen Minuten treffen wir auf ein wohl bekanntes weißes Pony.

„Ja, gibt's denn sowas – hallo, Snowstorm!", rufe ich aus. Sie steht mit losen Zügeln da, und obwohl ihr Reiter kaum zu sehen ist, kann ich auf der anderen Seite ihres Körpers ein Bein und einen herabhängenden Arm erkennen. Ich steige ab, halte Moonlight gut fest und gehe langsam auf Snowstorm zu. „Ganz brav, mein Mädchen“, sage ich mit beruhigender Stimme und greife dann nach ihren Zügeln.

„Gott sei Dank!“, sagt Mark verlegen. Er hängt in einer ziemlich unglücklichen Lage, mit einem Stiefel im Steigbügel verhakt. Sein Gesicht ist ganz schmutzig und seine sonst so makellos sauberen Reithosen sind voller Grasflecken. Er sieht irgendwie ziemlich albern aus und ich muss mir das Lachen verbeißen.

„Was ist denn passiert?“, frage ich und versuche dabei, seinen Stiefel frei zu bekommen..

„Wir sind zuerst ganz friedlich die Eisenbahnlinie entlanggetrabt und dann ist sie mir plötzlich durchgegangen“, erklärt er. „Irgendwas muss sie wohl erschreckt haben. Gesehen habe ich aber nichts. Irgendwann ist sie gestolpert und ich bin runtergefallen, aber dann hat sich mein Fuß im Steigbügel verfangen.“

„Der Boden hier ist uneben und voller Vertiefungen“, fällt mir ein. „Also, ich würde hier nie schnell reiten, denn ich hätte Angst, dass sich mein Pferd dabei ein Bein bricht.“ Das hört sich jetzt fast so an, als würde ich ihm Vorwürfe machen, deshalb füge ich rasch hinzu: „Das war wirklich Pech, das mit dem Steigbügel.“ Ich schiebe mit aller Kraft an seiner Stiefelspitze, und da ich Marks Bein nicht abstütze, als es schließlich frei kommt, knallt es mit Wucht auf den Boden.

„Hoppla, tut mir Leid. Hat das weh getan?“

Mark schüttelt den Kopf, aber reibt sich das Bein trotzdem. „Nein, aber mein Arm schmerzt ziemlich. Als ich runterfiel, bin ich damit ziemlich hart aufgeschlagen. Ich kann ihn kaum mehr bewegen, deshalb konnte ich mich auch nicht selbst befreien.“

„Ist er gebrochen?“, frage ich und bin jetzt doch etwas in Sorge.

„Nein, nur verstaucht.“ Mark streicht sich mit der unverletzten Hand die Haare aus dem Gesicht. „Danke. Was für ein Glück, dass du gerade hier vorbei gekommen bist.“

Unsere Blicke treffen sich für einen kurzen Moment, und ich merke zum ersten Mal, wie klar und gleichzeitig traurig seine Augen sind. Mein Magen verkrampft sich ein kleines bisschen.

„Wir sollten nachschauen, ob mit Snowstorm alles in Ordnung ist“, sage ich hastig und fahre mit einer Hand an ihren Beinen entlang, um festzustellen, ob sie irgendwo erhitzt oder geschwollen sind. Ihr scheint aber nichts passiert zu sein.

„Kannst du wieder aufsteigen?“, frage ich

Mark nickt, fügt aber hinzu: „Ich möchte mich aber erst mal kurz hinsetzen und ein bisschen Atem schöpfen.“

„Okay“, sage ich und mache Anstalten, wieder in den Sattel zu steigen und weiterzureiten. Ich habe meinen Samariterdienst erfüllt.

„Ein hübsches Pferd“, sagt Mark plötzlich und deutet auf Moonlight.

„Ja, ist es“, erwidere ich stolz.

Dann folgt ein peinliches Schweigen, bis ich sage: „Reitest du oft hier draußen? Ich meine nur … weil nicht viele Leute hierher kommen, weißt du.“

„Oh, ich war schon ein paar Mal am Alten Fort und auch schon weiter“, antwortet Mark und es klingt fast so wie ein Schuldeingeständnis. Da kommt mir ein Gedanke.

„Wann denn zum Beispiel?“, frage ich.

Er zuckt mit den Schultern. „Na, dann und wann halt.“

„Warst du schon mal abends oder nachts hier?“, bohre ich weiter.

„Kann schon sein.“

„Wann?“, wiederhole ich

„Nur einmal. Vor einer Woche. Sag mal, werde ich hier verhört oder was?“

„Vielleicht bist ja du es dann gewesen, der mich damals nachts hier zu Tode erschreckt hat! Und ich dachte, es wäre der wahnsinnige Major!“

Mark schaut mich verständnislos an, und ich erzähle ihm die Geschichte von dem Major und seinem Pferd, und als er merkt, dass ich in jener Nacht mit den Nerven völlig am Ende war, schaut er irgendwie verlegen drein und gibt dann zu, dass er über das Alte Fort Bescheid weiß und auch, dass wir Moonlight dort untergebracht haben, weil er uns einmal heimlich gefolgt ist.

Zuerst bin ich wütend darüber. „Du bist uns nachgeritten? Wie kommst du eigentlich dazu?“ Ich zetere noch eine Weile weiter, bis er angemessen zerknirscht scheint.

„Tut mir echt Leid“, sagt er leise. „Ich wollte bestimmt niemanden erschrecken. Ich war einfach nur neugierig. Ihr habt immer so viel Spaß miteinander.“ Er hält inne und ich höre den neidvollen Ton in seiner Stimme. Da wird mir klar, dass Mark in den Ställen eigentlich immer allein ist. Mir war das selbst schon aufgefallen und auch die anderen haben darüber Bemerkungen gemacht. Er redet nie mit den anderen und scheint auch keine Freunde oder Bekannte zu haben. Ich frage mich, ob er womöglich furchtbar einsam ist.

„Ich glaube, ich sollte jetzt los“, meint er dann und wird ein bisschen rot, als hätte er mehr gesagt, als er eigentlich wollte.

„Kannst du wirklich alleine zurückreiten“, frage ich und hole dann tief Luft. „Oder willst du, dass ich dich zur Sicherheit begleite?“

Eine Sekunde sieht er richtig dankbar aus, aber dann fängt er sich und ist plötzlich wieder so beherrscht wie immer. „Nun, wenn es dir keine Umstände macht, dann könntest du vielleicht mit mir die Eisenbahnschienen entlang bis zur Straße reiten.“ Ich führe Snowstorm neben eine kleine Bodenerhebung, damit Mark besser aufsteigen kann. Dann reiten wir nebeneinander den Weg entlang.

„Warum warst du eigentlich damals im Stall so grob zu mir?“, fragt er unvermittelt. Seine Frage verwirrt mich etwas. „Weißt du noch, an dem Tag, als die anderen ausgeritten waren und ich dich im Stall überraschte, als du mit Snowstorm gesprochen hast wie mit einer Freundin.“

„Daran erinnere ich mich nicht mehr“, antworte ich ausweichend, obwohl das nicht stimmt.

„Was hast du eigentlich gegen mich?“, hakt er nach.

Ich muss schlucken. Jetzt bin ich diejenige, die ins Verhör genommen wird, und das gefällt mir ganz und gar nicht.

„Es hat nichts mit dir zu tun, Mark. Ich kenne dich ja eigentlich kaum. Es ist nur … na ja, ich war neidisch auf dich.“

„Neidisch auf mich? Warum um alles in der Welt solltest du auf mich neidisch sein?“ Er scheint aufrichtig erstaunt.

„Snowstorm. Dir gehört Snowstorm, und sie ist einfach wundervoll und genau so ein Pferd hätte ich mir schon immer gewünscht.“

„Oh.“ Er denkt darüber nach. „Aber du hast doch ein Pferd.“

„Du meinst Moonlight? Also, um ehrlich zu sein, eigentlich gehört er mir gar nicht, obwohl er das wahrscheinlich selbst gar nicht weiß. Na ja, jedenfalls gehört er mir NOCH nicht, aber ich hoffe …“, und dann erzähle ich ihm alles über Moonlight – wie er uns auf dem Friedhof zugelaufen ist und dass sich noch niemand wegen ihm gemeldet hat und dass ich mit ihm am Springturnier teilnehme. Dann breche ich ab. Ich habe schon viel zu viel ausgeplaudert.

„Du führst wirklich ein interessantes Leben“, meint Mark bewundernd.

Ich muss lachen. „Na, also so habe ich das noch nie betrachtet!“

Dann fällt mir auf, dass wir schon viel weiter geritten sind als bis zur Straße und ganz in der Nähe von unserem

Haus sind. Ich habe so viel geredet, dass die Zeit wie im Fluge vergangen ist.

„Tut dein Arm noch weh?“, frage ich.

Er nickt und verzieht schmerzvoll das Gesicht.

„Oh je, hoffentlich ist er bis zum Springturnier wieder in Ordnung“, sage ich. Wenn er nicht teilnehmen kann, dann habe ich mit Moonlight natürlich eine sehr gute Chance zu gewinnen. Gleich danach habe ich Schuldgefühle, weil das eigentlich sehr egoistisch gedacht ist, und um das wieder gut zu machen, sage ich: „Wir sind nicht weit von mir und ich hab ziemlichen Durst … hättest du Lust auf einen Schluck Limonade?“

Er sagt „Ja“, noch bevor ich den Satz beendet habe. Ich beginne mir Gedanken darüber zu machen, was Mark wohl von meinem Zuhause und von Mum und Dad hält. So wie er spricht und sich kleidet, stammt er zweifellos aus einem wohlhabenden Elternhaus. Und er wirkt immer so selbstbewusst, obwohl ich an diesem Nachmittag anscheinend zum ersten Mal eine andere Seite von ihm kennen gelernt habe. Ich schaue verstohlen zu ihm hinüber, wie er in perfekter Haltung auf seinem perfekten Pferd sitzt. Er lächelt sogar ein bisschen. Aber warum sollte ich mir eigentlich Gedanken darüber machen, was er von uns hält?, sage ich mir dann. Ich meine, ich muss ihn ja schließlich nicht beeindrucken. Schließlich ist er nur ein Junge.

Als wir bei mir daheim ankommen, flüstere ich ihm noch rasch etwas zu: „Bitte erwähne meinen Eltern gegenüber nicht das Alte Fort. Sie denken, wir haben Moonlight bei Miss Pugh untergebracht."

„Ich verrate kein Sterbenswörtchen", verspricht er und scheint sich über unsere Komplizenschaft zu freuen.

Wir steigen ab und ich stoße das Gartentor auf. Es ist inzwischen Spätnachmittag geworden und Mum und Dad müssten schon von der Arbeit daheim sein. Und richtig, sie sitzen im Garten und genießen die letzten Sonnenstrahlen. Dad schaut vom Liegestuhl auf und begrüßt mich: „Hi, Matty."

Und dann lächelt er zu meiner Verblüffung Mark an, als wären die beiden seit Ewigkeiten dicke Freunde und fügt hinzu: „Oh, hallo Mark! Was für eine nette Überraschung. Ich wusste gar nicht, dass du mit Matty befreundet bist."

Kapitel 8

Ich bin völlig von den Socken. „Was, ihr kennt euch?"

Dad nickt und meint lächelnd: „Mark ist bei uns in der Jazzband. Der Bursche spielt sehr gut Klarinette."

Mir fällt die Kinnlade herunter.

„Matty, Schatz, wollt ihr den ganzen Tag dort mit euren Pferden stehen bleiben?", wirft Mum ein, und an der Art und Weise, wie sie Mark ansieht, kann ich sehen, dass sie vor Neugier fast platzt. Ich löse Snowstorms Gurt und binde sie und Moonlight am Gartenhaus an.

„Ich wusste gar nicht, dass du ein Instrument spielst", sage ich zu Mark.

Er zuckt mit den Schultern, als sei das gar nichts Besonderes.

„Möchtest du zum Tee bleiben, Mark?“, fragt Mum, und bevor ich ein Wort sagen kann, sagt er schon zu: „Gerne, Mrs. Matthews, das ist sehr freundlich von Ihnen.“

„Hilfst du mir ein bisschen in der Küche, Matty?“, fragt Mum und es klingt eher wie eine Aufforderung als wie eine Frage. Ich folge ihr also in die Küche, während Matt und Dad angeregt miteinander plaudern.

„Wer ist denn dieser reizende junge Mann?“, fragt Mum mit gesenkter Stimme. Ich bin sicher, dass Mark durch die offene Tür jedes Wort hören kann.

„Mum, bitte!“, stöhne ich.

„Na ja, du hast noch nie einen Jungen mit nach Hause gebracht, Matty. Er ist ausgesprochen höflich.“

„Ich kenne ihn kaum, und ich habe ihn nur deshalb hergebracht, weil er vom Pferd gestürzt ist und sich den Arm verletzt hat und ich ihm geholfen habe. Mehr ist da nicht.“

„Na schön, wenn du es sagst“, sagt sie mit einem wissenden Lächeln um den Mund. Also echt, sie ist genauso lästig wie Spike.

Glücklicherweise ist der Tee rasch fertig, und wir bringen das Tablett in den Garten. Wir unterhalten uns alle sehr höflich und ich hoffe, ich sehe nicht allzu verlegen aus. Als Snowstorm anfängt, ungeduldig mit den Hufen zu scharren, stehe ich auf und gehe zu ihr hinüber, um sie zu beruhigen, damit Dad keine Angst um seinen Rasen haben muss. Mark kommt mir nach.

„Tut dein Arm noch weh?“, frage ich und wünschte, mir wäre etwas Geistreicheres eingefallen.

„Ein bisschen", wiederholt er. „Aber ich bin sicher, er ist nur verstaucht."

Wir schweigen erneut.

„Deine Eltern sind echt nett", sagt er dann.

Ich nicke. „Ja. Ich beklage mich zwar manchmal über sie, aber eigentlich sind sie schwer in Ordnung. Wenigstens versuchen sie mich nicht ständig zu kontrollieren wie zum Beispiel Ginas Mutter. Gina tut mir echt Leid."

„Das ist eine von deinen Freundinnen, mit denen du dich immer bei den Pferden triffst, stimmt's? Die Hübsche mit den blonden Haaren?"

„Ja, das ist Gina.", erwidere ich knapp.

„Ich wünschte, mein Dad wäre mehr so wie deiner", sagt Mark wehmütig.

„Verstehst du dich nicht gut mit deinem Dad?", frage ich.

„Mal mehr, mal weniger."

„Er scheint ziemlich streng zu sein."

„Er kann sehr hohe Erwartungen an einen stellen."

„Aber du hast doch keine Angst vor ihm, oder?" Kaum habe ich das gesagt, hätte ich mir dafür die Zunge abbeißen können.

„Natürlich nicht!" erwidert Mark entrüstet. „Wie kommst du denn auf sowas?"

„Ach, so hab ich's doch nicht gemeint … Tut mir Leid. Ich hätte nicht …"

„Mein Vater ist ein erfolgreicher Geschäftsmann. Er legt an alles sehr hohe Maßstäbe an, und ich kann sie eben manchmal nicht erfüllen“, sagt Mark traurig. „Und dann sind wir beide enttäuscht.“

Wir machen ein großes Theater um Snowstorm und kümmern uns dann um Moonlight, damit er nicht eifersüchtig wird, obwohl ich glaube, dass ihn überhaupt nichts aus der Ruhe bringen kann. Snowstorm stupst mich mit ihren weichen Lippen ins Haar und wiehert leise. Als ich in ihre riesigen, feuchten Augen schaue, schmelze ich wieder dahin.

„Du hast wirklich Glück, dass du so ein tolles Pferd hast“, seufze ich.

„Ich weiß“, meint Mark. „Dabei ist sie eigentlich viel zu schade für mich. Ich verdiene sie gar nicht.“ Und dann lässt er eine weitere Bombe platzen: „Weißt du, ich kann dem Reiten eigentlich überhaupt nichts abgewinnen.“

„WAS? Du reitest nicht gern?“ Ich bin sprachlos. „Aber warum tust du's dann?“

„Meinem Vater zuliebe“, erwidert Mark. „Weißt du, mein Bruder Jack war ein weitaus besserer Reiter als ich und auf dem besten Weg, ein Champion zu werden. Dann kam er vor einem Jahr bei einem schrecklichen Autounfall ums Leben. Manchmal kommt es mir vor, als sei das erst gestern gewesen. Dad hat ihn mir immer vorgezogen, da geht kein Weg dran vorbei.“ Einen Augenblick lang (aber wirklich nicht länger) sieht Mark so bekümmert aus, dass ich ihn am liebsten in den Arm genommen und getröstet hätte. Aber ich verkneife es mir natürlich, und er erzählt weiter. „Ich versuchte also, in Jacks Fußstapfen zu treten, ihn irgendwie zu ersetzen, weißt du. Aber ich kam mit seinem Pferd Clipper nicht zurecht – der war ein höchst temperamentvoller Vollblüter. Wir haben ihn nach einer Weile verkauft und eines Tages kam Dad mit Snowstorm an. Danach hat Mutter uns verlassen und alles schien auseinanderzubrechen. Und so sind wir hierher gezogen, um ganz von vorne zu beginnen."

„Armer Mark." Mir fällt nichts ein, was ich sonst sagen könnte. Er muss eine schreckliche Zeit hinter sich haben. Kein Wunder, dass er immer noch so unglücklich ist. Er könnte wirklich einen guten Freund gebrauchen.

Plötzlich fängt er an zu lächeln. „Weißt du, eigentlich wäre ich viel lieber Jazzmusiker als Springreiter!"

„Aber warum sagst du das nicht deinem Vater?", höre ich mich sagen.

Als Mark meint, es wäre jetzt für ihn Zeit, nach Hause zu gehen, bedankt er sich bei meinen Eltern höflich für den Tee und macht sich fertig zum Aufbruch. Ich stelle ihm einen umgedrehten Eimer hin, damit er bequemer aufsteigen kann und halte Snowstorm derweil fest. Er verzieht schmerzlich das Gesicht und ich nehme an, dass sein Arm immer noch weh tut.

„Kannst du wirklich schon alleine reiten? Oder soll ich ein Stück mitkommen, nur so für alle Fälle?", biete ich an.

„Würde dir das wirklich nichts ausmachen, Matty?", erwidert er dankbar. „Es tut mir Leid, wenn ich dir Ungelegenheiten mache und so, aber es wäre mir wirklich sehr recht."

Also reiten wir beide die Straße hinunter. Mark sagt, dass es nur ein paar Kilometer sind.

„Unsere Pferde scheinen gut miteinander auszukommen“, bemerkt er und ich füge hinzu: „Ja, das ist toll.“

„Dad rechnet sich für Snowstorm bei dem Springwettbewerb gute Chancen aus“, sagt Mark. „Sein ganzes Herz hängt an dieser Trophäe.

Ich muss grinsen. „Meines auch! Aber mein größtes Problem ist zur Zeit, wo ich einen Sattel herbekomme. Ich kann Moonlight bei dem Turnier unmöglich ohne Sattel reiten.“

„Ja, das könnte ein ganz schönes Aufsehen erregen“, meint Mark. „Aber irgendwie wär's auch ziemlich lustig.“ Er denkt eine Weile angestrengt nach und sagt dann: „Ich weiß was! Wir haben doch noch Clippers Sattel. Dad würde es zwar nie zugeben, aber nachdem wir Clipper verkauft hatten, hat er den Sattel aus Sentimentalität aufgehoben. Ich glaube, er wollte einfach etwas von Jack behalten. Jedenfalls könnten wir doch mal ausprobieren, ob er für Moonlight die richtige Größe hat und wenn ja, dann kann ich ihn dir für das Springturnier ausleihen.“

Sein Angebot ist so großzügig, dass ich richtig betroffen bin. „Bist du sicher? Das ist wahnsinnig nett von dir, aber …“

„Das ist doch das Mindeste, was ich tun kann. Wenn du nicht da gewesen wärst… ich weiß nicht, was mir passiert wäre!“

„Ach komm, Snowstorm hätte doch sicher nichts Dummes angestellt,“, bemerke ich beiläufig.

„Keine Widerrede. Ich bestehe darauf!“

Marks Zuhause ist genau so, wie ich es mir vorgestellt hatte – geräumig, modern, in einer brandneuen Wohnanlage in einem ruhigen Vorort, mit stilvollen Lampen vor dem Eingang und einer langen Kiesauffahrt, gesäumt von sauber gemähten Rasenflächen. Neben dem Haus steht ein Pferdeanhänger.

„Wenn Dad von der Arbeit kommt, lasse ich ihn Snowstorm zu Miss Pugh zurückfahren", sagt Mark, während wir die beiden Pferde in den großen, umzäunten Garten hinter dem Haus führen. Als er Moonlight so anschaut, sagt er plötzlich. „Weißt du was, irgendwie kommt er mir bekannt vor, mir fällt nur nicht ein, wo ich ihn schon mal gesehen habe."

„Komisch, das sagt Gina auch dauernd", erwidere ich.

Er schließt die Haustür auf, überfliegt kurz die Nachricht auf einem Zettel, den die Reinigungsfrau auf dem Küchentisch hinterlassen hat und bietet mir dann ein Glas Limonade an. Während ich trinke, verschwindet er kurz im ersten Stock und ich sehe mich etwas um. Das große, sonnige Wohnzimmer ist vornehm möbliert und makellos sauber und aufgeräumt. Ich denke kurz darüber nach, dass Mum sicher auch gern eine Putzfrau hätte, die für sie sauber macht. Aber dann fällt mir auf, wie leer das Haus wirkt. Irgendwie verlassen. Ohne Atmosphäre.

Während ich noch darüber nachdenke, kommt Mark mit Clippers Sattel die Treppe herunter. Er riecht noch ganz neu nach Leder.

„Probieren wir ihn mal aus, ja?", schlägt er vor.

Moonlight betrachtet den Sattel mit mäßigem Interesse, bevor wir ihn auflegen, lassen wir ihn ein wenig daran schnuppern. Zu meiner Freude passt er auf seinen Rücken wie angegossen – na ja, vielleicht nicht hundertprozentig, aber jedenfalls gut genug. Ich grinse wie ein Honigkuchenpferd und Mark lächelt mich an.

„Jetzt sind wir quitt."

„Aber wird denn dein Vater nichts dagegen haben?"

„Nicht, wenn ich's ihm gar nicht erst sage."

Ich will mich gerade bei Mark bedanken, als mir etwas durch den Kopf schießt. „Sag mal, wie hast du es eigentlich geschafft, den schweren Sattel mit deinem verstauchten Arm zu tragen? Hat er schon aufgehört, weh zu tun?"

„Ach, das", lacht er verlegen. „Also, ich will ganz ehrlich sein. Ich habe schon seit Stunden keine Schmerzen mehr."

Ich bin entrüstet. „Aber warum hast du das denn nicht ..."

„Ich bin eben gern mit dir zusammen. Ich wollte, dass du mich begleitest. Ist das denn so furchtbar?"

„Du hast mich ausgetrickst!" Ich weiß nicht, ob ich darüber wütend oder belustigt sein soll.

„Na also", sagt Mark neckisch. „Glaubst du jetzt immer noch, du kannst mich im Springturnier schlagen?"

„Da kannst du aber drauf wetten! Und ob ich dich schlagen werde!"

Kapitel 9

Ich habe so lange von diesem Tag geträumt, dass ich kaum glauben kann, dass er nun wirklich und wahrhaftig da ist! Jeden Augenblick stelle ich mir vor, dass etwas Schreckliches passieren könnte – dass Moonlight plötzlich lahmt oder die Polizei auftaucht und sagt, dass sich sein Besitzer gemeldet hat, oder dass Marks Vater den Sattel zurückverlangt … es gibt eine Menge Dinge, die in letzter Minute schief gehen könnten, oder?

„Du musst positiv denken", rät mir Ronnie und zeigt mir stolz die blaue Rosette, die sie gerade mit Everest beim Dressurreiten gewonnen hat. „Man muss für den Augenblick leben."

Daran versuche ich mich zu halten, während ich mich auf den Wettkampf vorbereite.

„Also, Moonlight, hier sind wir nun“, flüstere ich ihm zu, als ich mit ihm in den Parcours galoppiere. Es fällt mir schwer, mich zu konzentrieren, weil ich mit meinen Gedanken teilweise ganz woanders bin. Die letzten Wochen sind wirklich wie im Flug vergangen. Die anderen waren begeistert, als ich erzählte, dass Mark mir den Sattel ausleihen will als Dank dafür, dass ich ihn gerettet hatte und Spike setzte sofort wieder ihr allwissendes Lächeln auf. Aber von meinem langen Gespräch mit Mark und den Problemen, die er mit seinem Vater hat, habe ich kein Sterbenswörtchen erzählt. Ich spüre, dass er mir das im Vertrauen gesagt hat, und ich will sein Vertrauen nicht enttäuschen. Nur Ronnie weiß (und ich habe sie gleichzeitig zu strengster Geheimhaltung verpflichtet), dass Mark mich diese Woche jeden Tag angerufen hat.

Spike hat den Springwettbewerb schon hinter sich – mit vier Fehlerpunkten, weil sie Soames vor dem Anreiten der Mauer zu scharf gewendet hat. Er war deshalb zu früh gesprungen und hatte einen Ziegel heruntergerissen. Ich nehme mir ganz fest vor, nicht den gleichen Fehler zu machen.

Die ersten Sprünge sind für Moonlight ein Kinderspiel – er nimmt sie mit aufgestellten Ohren und voller Elan. Ich versuche, ihn nicht allzu sehr zu führen – er scheint irgendwie ganz genau zu wissen, was er tut. Dann wenden wir und galoppieren auf die Mauer zu. Ich bremse ihn etwas ab, damit er sich zu dem Absprung gut sammeln kann. Wir springen fehlerlos drüber, gleich danach nimmt Moonlight ebenso mühelos den Doppeloxer, dann das Tor und die Bürste mit den grell angestrichenen Pfosten, vor denen vorhin schon einige Pferde gescheut hatten. Aber Moonlight überspringt die Hindernisse mit schlafwandlerischer Sicherheit.

Wir haben keinen einzigen Fehlerpunkt und die Zuschauer jubeln uns zu und applaudieren. Nie werde ich diesen Moment vergessen. Ich klopfe Moonlight den Hals und streichle ihm liebevoll über die Mähne. Eine Welle heftiger Gefühle überkommt mich. Ich habe dieses Pferd wirklich unheimlich lieb gewonnen.

„Tolle Leistung!“, schreit mir Ronnie zu, die an der Umzäunung auf mich wartet. „Ob dich noch jemand schlagen kann? Nicht mal Mark und Snowstorm hätten das besser hingekriegt.“

Ich strahle immer noch bis über beide Ohren, als ich bemerke, dass Mark ganz in der Nähe steht und sich bereit macht – er ist als nächster dran. Ich hoffe, er hat Ronnie nicht gehört.

„Viel Glück!“, wünsche ich ihm, aber sein Gesicht sieht wie immer leicht grimmig aus, und ich frage mich, ob er mich überhaupt bemerkt hat. Gina bietet mir an, Moonlight etwas abzukühlen, damit ich Mark zuschauen kann. Wenigstens kommt sie dann heute doch noch ein wenig zum Reiten. Es muss wirklich hart für sie sein, dass sie an diesem Turnier nicht teilnehmen durfte, obwohl sie für ihr Leben gerne dabei gewesen wäre. Aber sie wollte nicht riskieren, dass jemand sie erkennt und es ihrer Mutter erzählt, die sich dann fürchterlich aufgeregt und Gina womöglich das Reiten ganz verboten hätte.

Es ist komisch, Mark zuzuschauen und zu wissen, dass ihm das Reiten eigentlich gar keinen Spaß macht. Ich sehe ihn inzwischen mit ganz anderen Augen und frage mich, ob andere seinen Stil eigentlich auch bemerken, wenn sie ihn reiten sehen. Was macht eigentlich einen guten Reiter aus? Ist es nur eine Sache der guten Technik? Die kann man Mark zweifellos nicht absprechen, im Vergleich zu mir hat er einen hundertmal besseren Stil. Aber muss man nicht auch eine echte Zuneigung zu Pferden empfinden? Das spielt bestimmt eine entscheidende Rolle und genau das fehlt ihm; zumindest sagt er das selbst. Manche Menschen haben einfach einen Draht zu Tieren, andere nicht. Vielleicht ist das letztlich sogar ausschlaggebender als Stil und Technik.

Snowstorm ist gut in Form, und trotz Ronnies Bemerkung bin ich kaum überrascht, dass Mark und sie keinen einzigen Fehler machen.

Von den übrigen zehn Teilnehmern gelingt das nur noch einem sommersprossigen Jungen auf einem ziemlich temperamentvollen Braunen, so dass wir drei ins Stechen kommen.

Als die Hindernisse erhöht werden, muss ich mich sehr zusammenreißen, um nicht nervös zu werden. „Komm, das schaffst du mit links“, sagt Spike im Brustton der Überzeugung.

„Genau, zeig ihnen, was du drauf hast“, fügt Ronnie hinzu.

Gina lächelt mir aufmunternd zu. Ich bin ganz gerührt über so viel moralische Unterstützung.

Moonlight gähnt und fragt sich wahrscheinlich, was die ganze Aufregung eigentlich soll – und im nächsten Moment sind wir beide schon wieder auf dem Parcours und über die erste Hürde hinweg.

„Konzentrier dich“, sage ich mir verbissen.

Wir schaffen die zweite und dritte Hürde und nähern uns dann der Mauer. Oh weh, irgendwie sieht sie VIEL höher aus, als ich es mir vorgestellt hatte.

„Moonlight schafft das schon“, sage ich mir. „Schließlich ist er auch über das riesige Tor am Fort gesprungen … na ja, jedenfalls glauben wir das.“ Und genau dieser Sekundenbruchteil des Zweifelns muss sich irgendwie auf Moonlight übertragen haben, denn er zeigt beim Anspringen eine winzige Unsicherheit, so dass ich ihn mit den Fersen antreiben muss. Aber zu spät – das Zögern lässt sich nicht mehr korrigieren und er streift mit seinen Vorderhufen die oberste Ziegelreihe, so dass einer der Steine polternd zu Boden fällt.

Ich verfluche mich selbst, weil ich weiß, dass ich daran schuld bin. Bei den restlichen Hindernissen reiße ich mich zusammen, so dass es zum Schluss bei diesen vier Fehlerpunkten bleibt – eigentlich gar nicht so übel.

„Das war echt Pech", sagt Mark, als ich ihm beim Hinausreiten begegne.

Ich kann nur mühsam zurücklächeln, weil ich immer noch total wütend auf mich selbst bin, weil ich für einen Moment das Vertrauen zu Moonlight verloren hatte, sonst hätten wir es sicher fehlerlos geschafft.

„Mach dir nichts draus", tröstet mich Gina. „Noch ist alles offen."

Dann schauen wir Mark zu. Zweimal berührt Snowstorm mit den Hinterhufen eine Latte, und zweimal erwarten wir, dass sie zu Boden fällt, aber sie hat beide Male Glück und macht insgesamt null Fehler.

In mir toben die widersprüchlichsten Gefühle – einerseits freue ich mich über Marks Erfolg, weil ich weiß, dass es seinem Vater viel bedeutet; andererseits bin ich enttäuscht, weil ich meine Chance auf einen Sieg verpatzt habe, und irgendwo ist da auch noch etwas Neid, weil es Mark war, der Snowstorm ritt und nicht ich.

„Es ist noch nichts entschieden", meint Spike. „Ein Reiter noch."

Der Junge mit dem Braunen wirkt sehr siegesgewiss und als er ein Hindernis nach dem anderen mühelos überspringt, sieht es fast so aus, als müsste sich Mark doch mit der blauen Rosette begnügen. Aber beim letzten Hindernis scheut der Braune vor den grell angemalten Pfosten. Ich erinnere mich, dass die ihn schon beim ersten Durchgang verunsichert hatten und der Junge ihn zusätzlich antreiben musste. Diesmal nähert sich das Pferd dem Hindernis jedoch nur sehr zaudernd und wird immer langsamer, bis es schließlich kurz davor abrupt stehen bleibt.

„Drei Fehler!“, sagt Spikes und zieht aufgeregt die Luft ein.

„Damit bist du auf Platz drei, Matty“, sagt Gina, als ob mir das nicht klar wäre.

Wild entschlossen versucht der Junge das Hindernis nochmals anzureiten und einen Moment lang sieht es so aus, als ob sein Pferd es diesmal packt, aber dann traut es sich doch nicht und verweigert erneut. Der Junge wendet den Braunen und redet eindringlich auf ihn, und beim dritten Versuch schafft er es über das Hindernis und beendet die Runde mit sechs Fehlerpunkten.

„Zweiter Platz, Matty!“, kreischt Gina voller Begeisterung und kurze Zeit später reiten wir auch schon auf den Parcours, um unsere Rosetten und das bescheidene Preisgeld entgegenzunehmen. Ich habe Mark also doch nicht schlagen können. Ich bin enttäuscht, aber in allererster Linie über mich selbst, dass ich Moonlight im Stich gelassen habe.

Nachdem wir unsere Ehrenrunde gedreht haben, bemerke ich eine vertraute Gestalt in der ersten Reihe, die mir zuwinkt.

„Dad? Spielst du denn heute nicht Golf?“

Er grinst und winkt weiter. „Hab mir die Zeit genommen, meiner Tochter zuzuschauen. Prima Leistung! Bin stolz auf dich. Wir sehen uns später!“

Ich winke zurück und freue mich, dass er extra zum Turnier gekommen ist. Als Mark und ich hinausreiten, sehe ich Marks Vater auf uns zustürzen. Ich fühle Panik in mir aufsteigen. Wahrscheinlich will er sofort Clippers Sattel zurückhaben. Na ja, wenigstens hatte ich ihn, als ich ihn brauchte, obwohl es ein komisches Gefühl sein wird, wieder auf dem blanken Pferderücken zu reiten. Aber als er vor uns steht, sagte er doch wahrhaftig: „Gut gemacht, und das gilt für euch beide! Sauberer Ritt. Ich freue mich, dass Joes Sattel einen guten Zweck erfüllt hat. Und ich bin sehr stolz auf dich, mein Sohn!“

Ich bin völlig entgeistert und bemerke, dass auch Mark ein wenig überrascht scheint.

Irgendwie stehe ich etwas auf der Leitung, besonders als Marks Vater meint, dass ich den Sattel behalten kann, solange ich ihn brauche. Es gelingt mir gerade noch, ein „Danke schön“ zu murmeln, bevor er in Richtung Bierzelt davonstapft. Ich frage mich, ob ihm eigentlich klar ist, dass ich dasselbe Mädchen bin, das damals ohne Erlaubnis das Pferd seines Sohnes ritt und dem er streng befohlen hatte, sich von Snowstorm fern zu halten, sonst gäbe es Ärger. Irgendwie scheint mir das alles eine halbe Ewigkeit zurückzuliegen.

„Komm, ich kauf' dir ein Eis“, sagt Mark.

Wir steigen ab und führen unsere siegreichen Rösser hinter uns her, während wir plaudernd zum Eisstand hinübergehen.

„Ich habe nachgedacht", beginnt Mark in ernsthaftem Ton, „und ich habe mich entschlossen, auf deinen Rat zu hören."

Ich bin ein bisschen unsicher und frage mich, was er wohl als nächstes sagen wird. Dann teilt mir Mark mit, dass er seinem Vater endlich gestanden hat, dass er viel lieber Jazzmusiker wäre und kein Reiter.

„Und wie hat er darauf reagiert?", frage ich.

„Zuerst war er natürlich sauer", berichtet Mark. „Aber dann hatten wir ein sehr langes offenes und ehrliches Gespräch miteinander. Und nach langem Diskutieren hat er es schließlich eingesehen. Er ist sogar damit einverstanden, dass ich mit dem Reiten aufhöre."

„Das ist ja toll", sage ich. Aber dann kommt mir ein unangenehmer Gedanke. Wenn Mark das Reiten aufgibt, was passiert dann mit Snowstorm? Ich spreche ihn darauf an.

„Tja, das ist das Traurige an der ganzen Sache", erwidert er. „Eigentlich ist sie mir irgendwie ans Herz gewachsen, aber sie verdient wirklich jemand Besseren. Und so …"

Im Geiste beende ich den Satz, den ich so gerne hören würde" … habe ich beschlossen, sie dir zu überlassen." Mein Herz beginnt wie wild zu schlagen, und ich kann kaum abwarten, was er sagen wird.

Aber stattdessen sagt Mark: „… habe ich beschlossen, Snowstorm zu verkaufen. Heute Morgen hat sich sogar schon ein Interessent gemeldet."

„Oh." Das war es nicht, was ich hören wollte. Mit einem Mal sieht alles gar nicht mehr so rosig aus. Ich spüre, wie sich über mir eine dunkle Wolke zusammenbraut.

Mark fügt hastig hinzu: „Sie wird in wirklich gute Hände kommen. Die Leute kennen sich echt mit Pferden aus. Absolute Pferdenarren. Sie würden dir gefallen."

Da regt sich in mir ein schwacher Hoffnungsschimmer. Vielleicht will Mark mir damit ja andeuten, dass meine Eltern Snowstorm für mich gekauft haben – als Überraschung.

„Und wo wohnen diese neuen Besitzer?", frage ich, betont beiläufig.

„In der nächsten Grafschaft. Eine Familie, von denen alle Springturniere reiten."

„Oh ..."

Also werde ich Snowstorm nun doch verlieren. Und das habe ich auch noch mir selbst zuzuschreiben. Wenn ich nicht versucht hätte, Mark zu überreden, seinem Vater gegenüber Farbe zu bekennen, dann hätten sich die Dinge wahrscheinlich nie so entwickelt. Es ist doch wirklich vertrackt.

„Also, was für einen Geschmack möchtest du – Vanille oder Erdbeer?", fragt Mark, als wir am Eisstand ankommen.

„Beides", antworte ich grimmig. „Mit massenhaft Schokoflocken drauf und jede Menge Schokoladensoße." Um den Schock zu verkraften, brauche ich jetzt unbedingt was Süßes.

Mark verzieht angeekelt das Gesicht, aber bestellt das Eis trotzdem. Als ich mich gerade darüber hermachen will, sehe ich zwei Polizeibeamte auf uns zusteuern. Der größere von beiden bleibt vor uns stehen, sieht mich mit strengem Blick an und sagt: „Wir haben Grund zu der Annahme, dass Sie sich in Besitz eines gestohlenen Pferdes befinden.“

Kapitel 10

Die nächsten zehn Minuten sind der reinste Albtraum.

Mark entlockt den beiden Polizisten, dass im Polizeirevier ein anonymer Anruf eingegangen war. Ein Besucher des Springturniers hat Moonlight erkannt und gesagt, dass er gestohlen sei, so dass sie der Sache nachgehen mussten. Einer versuchte Moonlight am Zügel zu packen und wegzuführen, und ich bekomme einen hysterischen Anfall und fange an zu schreien und dann sind wir plötzlich von einer Menschenmenge umringt. Gina und Spike tauchen auf und dann, als ich gerade mit dem Polizisten kämpfe, der mir Moonlight wegnehmen will, sehe ich Ronnie und meinen Vater herbeirennen.

Ronnie legt mir den Arm um die Schulter und versucht mich zu beruhigen, während mein Vater mit den Polizisten redet. Schließlich ziehen die beiden Polizeibeamten ab und Dad erklärt mir, dass er ihnen unseren Namen und unsere Anschrift gegeben hat und sich bereit erklärt hat, die Sache auf dem Polizeirevier zu klären.

„In der Zwischenzeit können wir Moonlight behalten. Ich würde vorschlagen, dass wir ihn vorerst zu Miss Pugh zurückbringen. Ich komme mit dir und schildere ihr die Situation."

Da wird mir klar, dass ich mit der Wahrheit herausrücken muss – also, dass wir Moonlight gar nicht bei Miss Pugh untergestellt haben, sondern im Alten Fort. Als Dad erfährt, dass ich ihn und Mum angelogen habe, ist er stinksauer. Mark versucht sich für mich einzusetzen und Dad unsere Lage zu erklären, aber ich glaube, Dad hört ihm gar nicht richtig zu. Zum Schluss fahre ich mit Dad nach Hause und die anderen bringen Moonlight zum Fort zurück, wo er bleiben soll, bis die polizeilichen Untersuchungen zu Ende sind. Was für ein furchtbarer Schlamassel!

Mum zeigt etwas mehr Verständnis, aber sie versteht auch, dass mein Vater sehr aufgebracht ist. Die Warterei, bis er vom Polizeirevier zurückkommt, ist unerträglich, aber ich durfte nicht mitgehen. Als Mum um halb sieben anfängt, belegte Brote herzurichten, bekomme ich keinen Bissen hinunter. Gina, Spike, Ronnie und Mark sind inzwischen vom Fort zurückgekehrt und warten mit uns gespannt, was nun wird. Einer der Polizisten hatte irgendwas davon gesagt, dass unser Pferd ein berühmter Fernsehstar sei und in einem Werbespot für Pfefferminzbonbons zu sehen war.

„Ob er etwa das Pferd aus der Werbung für Moonlight Mints ist?“, grübelt Gina. „Wisst ihr, wo das Pferd über Flüsse und Berge springt, damit sein Reiter der Dame seines Herzens Schokominz-Bonbons bringen kann.“

„Kann mich nicht an so was erinnern“, sage ich. „Du hast wirklich eine lebhafte Fantasie, Gina.“

Gina sieht gekränkt aus, und Ronnie meint: „Irgendwie kommt mir das bekannt vor. Muss aber schon Ewigkeiten her sein.“

„Ja, jetzt, wo du’s sagst, fällt mir ein ... da gab’s wirklich mal so eine Moonlight-Mints-Werbung mit einem Pferd“, fällt Mum ein. „Allerdings schon vor ein paar Jahren. Heute werben sie mit einem Sportwagen.“

„Nein, das war im vorletzten Werbespot. Im neuesten verwenden sie Computertricks, mit Morphing-Technik und so“, beginnt Spike.

Da langt es mir. „Seid doch ruhig!“, schreie ich.

„Es besteht kein Grund, unhöflich zu sein, Matty. Wir machen uns genauso viel Sorgen wie du“, meint Gina vorwurfsvoll.

Dann sagt Mark: „Also, von diesen Werbespots weiß ich nichts, aber als ich Moonlight beim Turnier sah, da erinnerte er mich an das Pferd, dass von diesem bekannten Springreiter geritten wurde, ihr wisst schon, der nach einem schlimmen Sturz mit dem Reiten aufhören musste. Sein Sprungstil ist ganz ähnlich.“ Er sieht nachdenklich aus. „Irgendwas an Moonlight kam mir schon vorher irgendwie bekannt vor."

Ich habe es satt, mit anzuhören, wie hier jeder plötzlich auf Sherlock Holmes macht. Aber bevor ein Streit ausbrechen kann, kommt Dad nach Hause.

„Gott sei Dank", sagt Mum aufatmend.

Anfangs reden und schreien wir alle durcheinander, bis wir bemerken, dass Dad sehr ernst aussieht. Wir halten den Mund und hören, was er zu sagen hat.

„Also, ich weiß, dass euch das alle sehr treffen wird, aber ich muss euch mitteilen, dass Moonlight in der Tat einen Besitzer hat. Ich fürchte, wir werden ihn nicht behalten können."

Mir wird plötzlich ganz schlecht. Erst verliere ich Snowstorm und jetzt auch noch Moonlight. und das alles an einem einzigen Tag!

Dad versucht uns zu erklären, dass Moonlight in Wirklichkeit Sokrates heißt und früher einmal ein bekanntes Turnierpferd war (das erklärt, warum er so toll springen kann), dann sozusagen in Ruhestand versetzt wurde und vor einigen Jahren in Fernseh-Werbespots eingesetzt wurde. Also hatten Gina und Mark wohl beide Recht gehabt. Eine Weile wurde Sokrates hoch bezahlt, ein Geschäftsmann erwarb ihn sogar als Investitionsobjekt. Aber als er für die Werbespots nicht mehr gebraucht wurde, verlor er seinen Wert und sein Eigentümer, der ihn zu seinen Glanzzeiten für eine beträchtliche Summe hatte versichern lassen, beschloss das Pferd absichtlich zu „verlieren", um die

Versicherung zu kassieren. Die Einzelheiten habe ich zwar nicht so ganz kapiert – im Gegensatz zu Ronnie und Mark – aber jedenfalls schien der Besitzer kein Interesse daran zu haben, Sokrates zurückzubekommen, da er bereits das Versicherungsgeld beantragt hatte. Deshalb hatte er einen zwielichtigen Bekannten gegen Bezahlung veranlasst, Sokrates zu „stehlen“ und ans andere Ende des Landes zu transportieren. Auf der Fahrt hatte der Laster dann einen kleineren Unfall und Sokrates war aus dem Anhänger ausgebrochen und mutterseelenallein herumgeirrt, bis er zufällig auf dem Friedhof landete, wo wir ihn gefunden hatten. Für meine Begriffe hört sich die ganze Geschichte reichlich kompliziert an.

„Na, wenn der Besitzer Moonlight nicht zurückhaben will, warum können wir ihn denn dann nicht behalten?“, will ich wissen.

„Sokrates, meinst du“, verbessert mich Gina.

„Ich fürchte, so einfach ist das nicht“, meint Dad. „Gegen seinen Eigentümer laufen bereits Strafverfahren wegen zahlreicher anderer Betrugsdelikte und für die schwereren Vergehen wird er wohl mehrere Jahre ins Gefängnis wandern. Währenddessen kümmert sich seine Nichte um seine Angelegenheiten. Und sie will Sokrates zurück.“

„Aber das ist ungerecht“, rufe ich aus. „Die behandeln ein Pferd, als wäre es eine Sache oder eine geschäftliche Investition und bilden sich dann ein, sie könnten einfach auftauchen und ihn wieder mitnehmen. Die verdienen es gar nicht, ein Pferd zu haben.“

„Wir wissen doch gar nicht, ob seine Nichte genauso denkt“, meint Mum, was mich noch mehr auf die Palme bringt.

„Natürlich tut sie das! Das sind doch offensichtlich alles Betrüger, das ganze Pack.“

„Wie dem auch sei, wir wissen ja noch nicht mit Sicherheit, ob es sich bei Moonlight tatsächlich um Sokrates handelt“, wirft Spikes ein, um uns zu beschwichtigen. „Das wurde noch nicht offiziell festgestellt, oder?“

Mein Vater schüttelt den Kopf. „Du hast Recht. Und deshalb wird sich die Nichte, sie heißt übrigens Carly Bridges, demnächst bei uns melden, um sich das Pferd anzuschauen. Sie kann zwar nachweisen, dass sie Eigentümerin ist, aber, wie du gesagt hast, vielleicht ist es das falsche Pferd.“

An diesen Gedanken klammere ich mich wie an einen Strohhalm, als ich in dieser Nacht – ohne Erfolg – versuche einzuschlafen.

Als ich am nächsten Morgen aufwache, habe ich scheußliche Kopfschmerzen und muss dann auch noch erfahren, dass diese Carly Bridges bereits angerufen hat und mit meinen Eltern vereinbart hat, kurz vor dem Mittagessen vorbeizuschauen.

„Es ist für alle Beteiligten bequemer, wenn sie sich Moonlight hier bei uns ansehen kann“, meint Dad beim Kaffeetrinken. Mir ist klar, dass es ihm lieber ist, wenn sie nicht sieht, dass wir Moonlight im Alten Fort untergebracht haben. „Kannst du sie also herholen, Matty – am besten gleich nach dem Frühstück, damit noch genügend Zeit ist?“

„Und bitte versuche nicht, mit Moonlight spurlos zu verschwinden“, bittet Mum. „Das bringt uns nur noch mehr Ärger ein und davon haben wir wirklich schon genug.“

Als ob ich so etwas tun würde!

Als ich aus dem Haus gehe, kommt Ronnie gerade und wir gehen zusammen die Straße hinunter. Uns beiden ist das Herz schwer. Auf dem Weg holt sie Gina und Spike ab (in dieser Reihenfolge, damit Ginas Mutter nicht mitbekommt, dass Spike bei uns ist), während ich schon mal zum Alten Fort weitergehe, damit ich noch ein bisschen mit Moonlight alleine sein kann.

Er begrüßt mich wie gewohnt mit einem erfreuten Wiehern und scheint instinktiv sofort zu spüren, dass ich nicht gut drauf bin, was mich sehr berührt. Ich kuschle meinen Kopf in seine Mähne und sage „Du bist nicht Sokrates, oder? Versprich mir, dass du’s nicht bist.“

Dann führe ich ihn auf die Wiese und hoffe inständig, dass es nicht das letzte Mal sein möge. Wir galoppieren ein wenig und springen über Spikes provisorische Hindernisstrecke. Schließlich kommen die anderen an und wir machen aus, dass wir Moonlight auf dem Heimweg abwechselnd reiten.

„Mach dir keine Sorgen, ich bin sicher, es wird sich alles finden“, versucht mich Spike zu trösten.

Da wir massenhaft Zeit haben, halten wir am Laden an der Ecke an und die anderen kaufen mir eine riesige Portion Eis – als Trost für das Eis, das ich nach dem Turnier wegen der ganzen Aufregung nicht essen konnte, was ich sehr süß von ihnen finde.

Ich reite Moonlight als Letzte und als wir fast daheim sind, sehe ich ein unbekanntes Auto mit einem Pferdeanhänger vor unserem Haus parken.

„Das ist doch viel zu früh“, protestiere ich. „Sie hat doch gesagt, kurz vor dem Mittagessen. Es ist noch nicht mal elf.“

„Manche Leute essen halt früher“, meint Gina. Nicht gerade sehr hilfreich!

„Die muss sich ja ziemlich sicher sein, dass es Sokrates ist, wenn sie gleich einen Anhänger mitbringt“, bemerkt Spike.

„Nicht unbedingt“, meint Ronnie. „Vielleicht hat sie ihn ja nur für alle Fälle dabei.“

Ich wünschte, sie würden den Mund halten. Ich hasse Carly Bridges jetzt schon.

Ziemlich benommen binde ich Moonlight im Garten an und gehe ins Haus. Am Küchentisch sitzt eine hübsche junge Frau mit kurzen honigblondem Haar, lächelnden blauen Augen und einem freundlichen Lächeln und trinkt mit meinen Eltern Tee.

„Du musst Matty sein“, sagt sie höflich.

Ich starre sie mürrisch an. Sie trägt schwarze Leggings, Reitstiefel und ein weites T-Shirt. Als sie zur Begrüßung aufsteht, sehe ich, dass sie zu allem Überfluss auch noch unheimlich schlank ist.

„Nun, ich denke, wir sollten uns das Pferd jetzt einmal anschauen“, meint Dad. Offenbar will er die Angelegenheit so rasch wie möglich hinter sich bringen.

Was dann passiert, kommt für uns alle völlig überraschend. Als Carly Bridges den Garten betritt, beginnt Moonlight laut zu wiehern und schüttelt aufgeregt den Kopf hin und her.

„Mein Baby!“, ruft Carly aus und rennt auf ihn zu. Sie schlingt ihre Arme um seinen Hals und vergräbt ihr Gesicht in seiner schwarzen Mähne. Er schmiegt seine Schnauze in ihr Haar und sie beginnt zu schluchzen, während wir anderen etwas peinlich berührt und unschlüssig herumstehen. Dann dreht sie sich mit tränenverschmierten Augen zu uns um. „Ich kann dir gar nicht genug dafür danken, dass du ihn gefunden hast“, strahlt sie, während sie meine Hand ergreift und ganz fest drückt. „Mein Onkel hat mir gesagt, man hätte ihn gestohlen und wahrscheinlich ins Ausland geschafft. Ich dachte, ich würde ihn nie wiedersehen.“

„Ist schon gut“, murmele ich lahm. In diesem Moment wird mir bewusst, dass all meine Hoffnungen, Moonlight zu behalten, ein für alle Mal zerschlagen sind.

Nach dieser tränenreichen Wiedervereinigung ist uns allen klar, dass die Überprüfung der Dokumente nur noch reine Formsache ist. Es widerstrebt mir, es zuzugeben, aber es ist mehr als offensichtlich, dass Carly und Moonlight zusammengehören. Und sie entpuppt sich als eine sehr nette Person. Sie bedankt sich nochmal überschwänglich bei jedem von uns, und dann ist es an der Zeit, Moonlight in den Pferdeanhänger zu verfrachten. Ich verabschiede mich schluchzend von ihm und gebe ihm einen dicken Kuss. Dann renne ich die Treppe hoch in mein Zimmer, werfe mich aufs Bett und fange hemmungslos an zu heulen. Es bricht mir fast das Herz, als ich ihn wegfahren höre.

Zwei Tage später, als Snowstorm verkauft wird, muss ich das Ganze noch einmal durchmachen. Bevor sie abgeholt wird, lässt mich Mark sie wenigstens ein allerletztes Mal reiten. Ich werde nicht groß davon erzählen (es würde mich zu traurig machen) – nur so viel, dass es ein wunderschöner kurzer Ausritt ist und ich mir kurz ausmale, was hätte sein können. Aber dann ist es so weit und ich muss mich von ihr verabschieden. Kurz bevor ich nach Hause gehe, fragt mich Mark, ob ich Lust hätte, am Samstag mit ihm ins Kino zu gehen und ich sage zu.

Also stehe ich wieder ganz am Anfang. Moonlight ist weg. Snowstorm ist weg. Stallarbeit bei Miss Pugh, wie gehabt. Und wir sind wieder der ‚Club der Ponylosen' und müssen uns überlegen, wie wir zu Geld kommen, damit wir noch vor Weihnachten unser Pony kaufen können. Traurig, aber wahr.

Eine Woche nach der anderen vergeht und ich versuche, mich wieder an den Alltag zu gewöhnen, aber leicht ist das nicht. Die Besuche bei Moonlight im Alten Fort fehlen mir schrecklich. Und jeden Tag frage ich mich, wie es wohl Snowstorm bei ihren neuen Besitzern gehen mag. Mum und Dad verhalten sich prima. Sie wissen, wie wichtig mir Moonlight war und haben nie ein Wort darüber verloren, dass ich sie angelogen hatte, als ich sagte, er sei bei Miss Pugh untergebracht.

Wie auch immer, es ist Samstagnachmittag und Gina, Spike, Ronnie und ich sitzen in der Sattelkammer. Wir waschen die Trensen und putzen das Zaumzeug, und ich bin am Überlegen, was ich heute Abend anziehen soll, wenn ich mit Mark ins Kino gehe. Da steht plötzlich Miss Pugh in der Tür und macht uns eine Mitteilung:

„Mädchen, ich danke euch, dass ihr all die Jahre so fleißig geholfen habt, aber ihr werdet hier nicht länger gebraucht." Dabei strahlt sie übers ganze Gesicht.

Wir schauen uns gegenseitig verwirrt an.

Da fährt sie fort: "Ich habe Erics Antrag endlich angenommen und werde ihn heiraten."

„Herzlichen Glückwunsch", sagen Ronnie und Gina wie aus einem Munde.

„Wer ist Eric?", wispert Spike. Miss Pugh hat sie anscheinend gehört, denn sie sagt: „Eric Brinton, der Parkplatzbesitzer."

„Oh." Ich versuche mir das vorzustellen. Ich habe Eric schon ein paar Mal gesehen und die beiden zusammen als Paar kommen mir irgendwie komisch vor. Aber dann frage ich mich plötzlich, was diese Heirat für uns bedeuten könnte.

„Eric möchte, dass wir uns geschäftlich zusammentun", erklärt Miss Pugh. „Und deshalb habe ich ihm die Mietställe und das Grundstück verkauft, damit er seinen Parkplatz vergrößern kann. Ich werde in Zukunft seinen Bürokram erledigen und er widmet sich von jetzt an dem Autoverkauf. Ihr seid natürlich zu unserer Hochzeit alle eingeladen."

Damit macht sie kehrt und marschiert mit einem strahlenden Lächeln davon. Wir starren uns an, unfähig, ein Wort herauszubringen. Erst allmählich begreifen wir, was sie uns da gerade gesagt hat.

„Wisst ihr, was das bedeutet?“, frage ich die anderen entsetzt. „Es wird keine Ställe mehr geben, alle Pferde werden verkauft. Unser letztes Ponyparadies ist futsch. Wir werden künftig im wahrsten Sinne ponylos sein!“

Kapitel 11

Wart ihr schon einmal in einer Situation, in der ihr gedacht habt, es könnte nun wirklich nicht mehr schlimmer kommen – und dann tat es das doch? Na, dann wisst ihr genau, wie ich mich jetzt fühle.

Ich sitze im Bus, um Mark zu treffen. Wir wollen ins Kino gehen, und an jedem anderen Tag hätte ich mich darauf gefreut, aber diesmal konnte ich mich stundenlang nicht entscheiden, was ich anziehen sollte. Alles wirkt irgendwie fade. Zum Schluss streife ich mir ein ziemlich tristes beiges Baumwollkleid mit umgeschlagenen Ärmeln über, das mir bestimmt nicht besonders schmeichelt, aber irgendwie kann ich heute keine große Begeisterung aufbringen.

Der Bus kommt mit fünf Minuten Verspätung an und Mark ist nirgends zu sehen. Ich frage mich, ob er es sich vielleicht doch noch anders überlegt hat und womöglich überhaupt nicht auftaucht. Aber als ich in den Vorraum des Kinos gehe, sehe ich ihn am Tresen stehen. Er blättert eine Filmzeitschrift durch, in der die neuesten Filme angekündigt werden.

„Hi, du siehst hübsch aus“, begrüßt er mich. Insgeheim denke ich, dass er sich mal die Augen untersuchen lassen sollte, aber ich lächle zurück und sage „Du auch“, worauf er kurz lacht. Wir reihen uns in die Warteschlange vor der Kasse ein. Der Film soll ziemlich lustig sein. Wahrscheinlich wird er mich ablenken, aber große Lust drauf habe ich nicht. Mark schaut mich immer wieder an und anscheinend ist es so offensichtlich, dass ich mies drauf bin, dass er auf einmal sagt: „Meine Güte, ist ein Rendezvous mit mir so schrecklich? Ich meine, du hättest ja heute nicht zu kommen brauchen.“

Ich merke, dass er es ernst meint und beeile mich, ihm zu sagen, dass es nichts mit ihm zu tun hat.

„Warum bist du dann so miesepetrig?“, will er wissen, und da habe ich wieder dieses Gefühl, als ob wir uns schon jahrelang kennen und ich erzähle ihm alles – von Miss Pugh und dass der Mietstall demnächst zumacht.

„Pass auf, ich sehe, dass du mit dem Film im Moment nichts am Hut hast, warum gehen wir nicht einfach auf einen Hamburger und eine Cola?“

Und genau das tun wir dann auch und verbringen – zumindest unter den gegebenen Umständen – doch noch einen richtig netten Abend. Mir wird klar, dass Mark inzwischen ein richtig guter Freund geworden ist.

Ich wundere mich deshalb ein wenig, als er sich die ganze nächste Woche kein einziges Mal bei mir meldet, aber ich mache mir solche Sorgen wegen der Geschichte mit den Ställen, dass ich mir weiter keine Gedanken darüber mache. Miss Pugh verliert keine Zeit, und schon bald hängt am Zaun ein Schild mit der Aufschrift „Verkauft wegen Grundstückserschließung“. Mir fällt auf, dass sich Eric zusammen mit mehreren Bauarbeitern nun häufig auf dem Grundstück mit den Mietställen aufhält (das nun offiziell als „Erschließungsgelände“ bezeichnet wird). Es ist alles schrecklich traurig und ich habe nachts Albträume und mache mir ständig Sorgen darüber, was wohl mit unseren geliebten Ponys passieren wird. Die Zukunft sieht wirklich trist aus.

Und dann klingelt eines Morgens ziemlich früh Mark an der Tür. Ich bin gerade erst aufgestanden, meine Haare sind noch ganz zerzaust und meine Augen völlig verschlafen.

„Beeil dich, komm, wir machen einen Spaziergang“, sagt er ganz aufgeregt. Ich fahre mir kurz mit einer Bürste durchs Haar, während er im Garten auf mich wartet und dann geht er zielstrebig los. Anfangs will er mir nicht sagen, wo wir eigentlich hingehen, aber schon bald wird mir klar, dass es der Weg zum Alten Fort ist. Seit Moonlight weg ist, bin ich nicht mehr dort gewesen und habe deshalb ziemlich gemischte Gefühle, als ich die alten Gebäude wiedersehe. Ich frage mich, was Mark wohl vorhat.

„Schau“, sagt er und zeigt auf die halbzerfallenen Gebäude und das weite Ödland. „Was siehst du da?“

„Ein ziemliches Durcheinander“, entgegne ich.

„Falsch“, sagt er, ergreift meine Hand und drückt sie ganz fest. „Ich sehe da Ställe, Pferde, Leute …“

„Na, dann spinnst du total“, sage ich und wende mich zum Gehen.

„Schau doch genau hin“, drängt er mich und fährt fort: „Dieses Land ist vor kurzem zum Bauland erklärt worden, und da mein Vater auf der Suche nach einem neuen Projekt war, hat er es gekauft.“

Ich bin von Mark ziemlich enttäuscht, um es gelinde auszudrücken. „Wozu denn? Um noch einen weiteren Supermarkt zu bauen? Oder ein Industriegebiet?“

Er schüttelt den Kopf. „Nein, eine Reitschule.“

„Entschuldige. Ich fürchte, ich habe nicht richtig verstanden.“

„Dad wird aus dem Fort eine Reitschule machen – oder vielmehr, ein Reiterzentrum. Er hält das Alte Fort für einen sehr originellen Ort für ein Reitzentrum, weil es so viel Atmosphäre hat, und er will den Charakter der alten Gebäude erhalten. Hier ist so viel Land und er meint, er könnte das richtig groß aufziehen, mit einer überdachten Reithalle, einem Springparcours, einem Geländekurs …“

„Moment mal, Mark. Sprichst du etwa von deinem Dad? Aber versteht er denn überhaupt etwas von Pferden?“

Mark lacht auf. „Aber ja, immerhin hatte er Joe alles beigebracht! Und er ist ein fantastischer Lehrer. Na gut, vielleicht manchmal ein bisschen streng. Aber er ist Feuer und Flamme für das Projekt. Es soll eine Art Erinnerungsstätte an Joe sein." Er grinst. „Deshalb hab ich mich in letzter Zeit nicht bei dir gemeldet. Ich wollte abwarten, bis die Sache sicher ist. Schon seit dem Springturnier hat Dad davon geredet, aber das mit Miss Pugh, was du mir erzählt hast, war dann der endgültige Auslöser. Du brauchst dir also keine Sorgen wegen ihrer Pferde zu machen – Dad hat sie alle gekauft, samt Zaumzeug, Ausrüstung – einfach alles."

„Mensch, Mark, das sind ja großartige Neuigkeiten!" Ich falle ihm um den Hals, und wir halten uns eine kleine Weile umschlungen, bevor wir uns wieder loslassen. Er schaut mir direkt in die Augen, mit diesem sanften Blick. Ich spüre, dass ich rot werde wie eine Tomate und schaue zur Seite.

„Ich kann es kaum erwarten, den anderen davon zu erzählen", sage ich.

„Na ja, nur nichts überstürzen. Es ist noch ein Haufen juristisches Zeug zu erledigen, bis es soweit ist, und der Umbau wird wohl auch eine ganze Weile dauern. Aber in ein paar Monaten ..."

Ich bin vor Freude völlig aus dem Häuschen. Endlich werden wir eine gescheite Reitschule haben, und die Ponys werden uns erhalten bleiben! Aber es kommt sogar noch besser. Als Mark und ich nach Hause kommen, wartet da ein Brief auf mich. Er ist von Carly Bridges.

Ich lese ihn Mark laut vor: „Sie schreibt, dass Sokrates sich freut, wieder daheim zu sein und dass sie uns sehr dankbar ist dafür, dass wir uns so gut um ihn gekümmert haben. Und sie legt als Dank einen Scheck bei."

„Das ist aber wirklich sehr anständig von ihr", sagt Mark, „wie viel ist es denn?"

Als ich die Zahl lese, reiße ich erstaunt die Augen auf. „Meine Güte, das ist ja ein ganzer Batzen!", meine ich und halte Mark den Scheck vors Gesicht.

„Wow, du hast Recht!", pflichtet er mir bei. „Was wirst du denn mit dem ganzen Geld machen?"

„Das kann ich nicht allein entscheiden. Es gehört nicht nur mir, sondern auch den anderen – Ronnie, Spike und Gina", meine ich. „Schließlich haben wir uns alle um Sokrates gekümmert."

Nachdem Mark gegangen ist, renne ich trotz der Hitze den ganzen Weg bis zu den Ställen, um den anderen die gute Neuigkeit zu erzählen. Gina denkt zuerst, ich mache einen Scherz.

„Ich weiß, es ist kaum zu fassen", gebe ich zu. „Aber es ist wirklich wahr."

„Und wenn man's recht bedenkt, haben wir uns das Geld redlich verdient", meint Spike mit einem breiten Grinsen.

„Und was machen wir jetzt damit?", fragt Ronnie. „Also, ich wüsste ja schon was ..."

„Ich auch", wirft Gina ein.

„Also gut – du zuerst, Matty, da du uns die gute Neuigkeit überbracht hast", schlägt Spike vor.

„Na ja", sage ich langsam, „Ich denke, es wäre eine gute Idee, wenn wir mit dem Geld ..."

„… ein Pony kaufen würden!“, schreien die anderen drei wie aus einem Mund zurück.

Natürlich sind dabei ein paar Dinge zu bedenken. Zunächst einmal müssen wir abwarten, bis das Fort umgebaut ist, damit wir unser Pony unterbringen können. Und dann müssen wir (bis auf Gina natürlich) noch unsere Eltern fragen, ob sie damit einverstanden sind. Und wir müssen ausrechnen, ob wir genügend Geld haben, um das Pony zu versorgen (wir machen aus, dass wir uns von nun an sehr entschlossen um Aushilfsjobs bemühen werden). Und wir müssen uns überlegen, was für ein Pony wir eigentlich wollen – und das ist gar nicht so einfach, wie es sich anhört!

Nun, unsere Eltern werden uns bei unserem Vorhaben unterstützen – unter der Voraussetzung, dass wir versprechen, wie verantwortungsvolle Besitzer zu handeln (was wir natürlich tun) und nur ein Pony kaufen, das ungefährlich, brav, bombensicher und mindestens sechs Jahre alt ist (wir sehen ein, dass ein jüngeres Tier noch zu ungebärdig wäre, und unsere Eltern wollen nun mal, dass wir ein „sicheres“ Pony kaufen). Außerdem soll es um 1,45 Meter hoch sein, damit es für uns nicht eines Tages zu klein wird (obwohl ich für meinen Teil davon überzeugt bin, dass ich nicht mehr weiter wachsen werde) und außerdem robust und abgehärtet, damit man es auch draußen halten kann – um „feste Kosten“ zu sparen, wie Ronnie es ausdrückt. Wir vereinbaren, demnächst den Pferdemarkt zu besuchen, da es in unserer Gegend nur wenig private Verkäufer gibt und wir dort vermutlich weniger zahlen müssen, so dass noch etwas Geld übrig bleiben könnte für Sattel, Zaumzeug und andere notwendige Dinge.

Insgeheim spiele ich natürlich mit dem Gedanken, Snowstorm ihren neuen Besitzern abzukaufen, aber Mark ahnt das wohl und weist mich sanft darauf hin, dass dafür selbst das Geld, das Carly Bridges uns gegeben hat, nie und immer ausreichen würde, weil Snowstorm einfach in einer anderen Preisklasse liegt. Ich weiß jetzt, dass ich sie mir ein für alle Mal aus dem Kopf schlagen muss – aber irgendwie kann ich den Gedanken an dieses Traumpferd einfach nicht ganz verdrängen.

Es ist ziemlich schwer, sich in Geduld zu üben, wenn man am liebsten losrennen und sofort ein Pony kaufen möchte, aber wir wissen alle genau, dass wir damit warten müssen, bis im „neuen“ Alten Fort ein Stall bereit steht. Aber das Warten wird sich lohnen – und wie Ronnie so richtig meint, sammeln sich auf unserem Konto ja inzwischen Zinsen an!

In der Zwischenzeit geht das Leben weiter. Bald wird der Sommer vorüber sein und wenn das „Reiterzentrum im Alten Fort“ fertig gestellt ist, wird die Schule schon wieder begonnen haben. Es wird interessant sein mitzuerleben, wie sich das alles entwickelt, und wir bersten alle schon voller Stolz und Tatendrang und sind fest davon überzeugt, dass es die beste Reitschule der Welt sein wird! Dank Mark dürfen wir unser Pony schon vor der offiziellen Eröffnung dort unterstellen, was unsere Wartezeit ein wenig abkürzt. Am

Abend, bevor wir zum Pferdemarkt gehen, mache ich Hand in Hand mit Mark einen Spaziergang zum Alten Fort hinaus (ja, wir verstehen uns immer noch blendend, falls es jemanden interessiert), um nochmals den Stall zu inspizieren, den die anderen Mädchen und ich am Nachmittag für ‚unser Pony' hergerichtet haben.

„Vermisst du das Reiten nicht manchmal – nur so ein kleines bisschen?", frage ich Mark. Ich selbst könnte mir eine Leben ohne Ponys und Reiten gar nicht vorstellen.

Er schüttelt den Kopf. „Eigentlich nicht," sagt er. „Ich meine, so ab und zu wäre es sicher ganz nett auszureiten, nur so aus Spaß und wenn ich damit nicht irgendjemandem was beweisen muss," fügt er nachdenklich hinzu. „Aber jetzt habe ich endlich viel mehr Zeit, Klarinette zu üben. Ich überlege sogar ernsthaft, nach dem Schulabschluss Musik zu studieren."

„Gute Idee", sage ich und frage mich, ob wir dann noch zusammen sein werden, und wenn ja, wie es sich wohl auf unsere Beziehung auswirken würde, wenn er dann im College ist … Aber so weit ist es ja noch lange nicht.

Es wird schon dämmrig und das Mondlicht taucht alles in ein unheimliches, aber irgendwie auch romantisches Licht und lässt das Alte Fort wie eine Silhouette erscheinen. Wir stehen eine Weile zusammen da und schauen uns das an, ohne ein Wort zu sagen. Da fällt mir auf einmal die Nacht ein, als ich dachte, dass Moonlight verschwunden war und ich mich alleine aufgemacht hatte, um ihn zu suchen.

„Mark, sag mal – glaubst du, dass es im Alten Fort spukt?“, frage ich.

Er schaut mich amüsiert an. „Natürlich nicht! Wie kommst du denn da drauf? Ach, ich weiß schon, diese Story vom wahnsinnigen Major und seinem Gespensterpferd!“ Und dann fängt er plötzlich an, herzhaft zu lachen. Ich weiß nicht recht, was ich davon halten soll.

„Was ist denn daran so lustig?“, will ich wissen. „Also meiner Meinung nach ist das eine ziemlich gruselige Geschichte.“

„Na ja, wenn man darauf hereinfällt ..“

„Hereinfällt?“

„Spike hat's dir also nicht gesagt?“

„Was gesagt?“ Mich beschleicht allmählich das Gefühl, dass mir da anscheinend etwas entgangen ist.

„Dass sie das alles nur erfunden hat. Hat wirklich Sinn für Humor, deine Freundin Spike.“

„Ja, das kann man wohl sagen“, erwidere ich und nehme mir insgeheim vor, Spike für die nächsten sechs Monate zum Stallausmisten einzuteilen …

Am nächsten Morgen fahren wir mit dem Bus zum Pferdemarkt hinaus. Mark und sein Vater haben sich netterweise bereit erklärt, nachmittags mit einem Pferdeanhänger nachzukommen und unser Pony zurückzutransportieren, weil der Weg zum Laufen zu weit wäre.

Wir haben drei Ponys aus dem Katalog ausgesucht, müssen aber feststellen, dass wir die Preise weit unterschätzt haben – sie wechseln für weit mehr Geld die Besitzer, als wir jemals hätten aufbringen können. Aber schließlich finden wir doch noch eines – eine achtjährige, 1,47 Meter hohe braune Stute namens Comfort, die laut Katalog „brav, friedfertig und in jeder Beziehung 100%ig“ sein soll. Wir platzen bald vor Freude und können es kaum fassen: Endlich haben wir unser eigenes Pony!

Natürlich hat sich inzwischen herausgestellt, dass die Dinge nicht immer so sind, wie sie auf den ersten Blick erscheinen und dass Comfort in Wirklichkeit alles andere ist als ein friedfertiges, problemloses Pony. Aber, wie es so schön heißt, das steht auf einem anderen Blatt …